在地鐵拯救美少女後默默離去的我，成了舉國知名的英雄。

3

水戸前カルヤ
插畫 ひげ猫

Kadokawa Fantastic Novels

第一話　暑假

運動會結束後，一眨眼兩個星期過去了。

沒想到高中生活的第一次運動會出現我的冒牌貨，而且對方還是企圖對雛海下手的下三濫人渣。幸好在我和古井同學的聯手之下，好不容易才阻止他，讓運動會順利落幕。尤其是雛海主動在全校學生面前揭穿草柳的真面目時，我打從心底感到很高興。

為了保護雛海，我當時拚盡了全力。不過現在回想起來，倒也不失為一個美好的回憶吧……？

午休時，我坐在教室裡的座位上，望著保存在手機裡的照片。

在借人競賽中，我用公主抱的方式抱起了有「千年一遇的美少女」之稱的雛海；在騎馬戰中，我們的隊伍成功搶到對面國王的頭帶，令全場熱血沸騰；我和雛海甚至還在後夜祭一起跳了雙人舞。

雖然雛海成為草柳的下手目標，但運動會本身算是玩得滿盡興的。

「小涼，你怎麼從剛才就一直在偷笑？在看好笑的影片嗎？」

當我在欣賞照片時，在隔壁座位跟友里和古井同學她們併桌吃便當的雛海微微歪著頭看我。

我最近都會因為肚子餓而忍不住提前吃掉便當，導致午休沒事可做。我會玩音遊或看影片，隨便找點事情來打發時間，但身為優等生的雛海就不是這樣了。

她會在下課時間預習或複習下一節課的內容，還會找老師詢問不懂的地方，所以沒有提前吃過便當。

說到底，午休前就吃掉便當的我才比較奇怪吧。

「不是，我在看運動會的照片。雖然草柳引起了一些風波，但現在回顧起來，發現其實還是玩得滿開心的。」

「就是說呀，我也創造了好多回憶，真的很開心！而且還拿到優勝了！」

「多虧雛海表現得超好，在很多項目都拔得頭籌，我們才有辦法拿到優勝啊。妳還被選為MVP，真的是太厲害了。」

「哪、哪有！不是我一個人的功勞啦！這都要多虧大家非常賣力呀！我只是因為有大家在，才能碰巧做出好的表現……實際上，小涼付出的努力比我多好幾倍……」

最後一句話，雛海說得特別小聲。

也許是聽到我的稱讚很開心，她的臉龐不知何時染上紅暈，悄悄地用手上的便當遮住嘴巴。

雛海是全校最漂亮的美少女，成績也很優秀。一般來說，如果有她那樣的外貌，稍微傲慢一點也在情理之中，但她為人非常認真勤勉，對誰都很和善。

她是既謙虛又努力的類型。因此，無論自己留下多好的成績和結果，她也絕對不會在其他人面前擺出神氣活現的模樣。

「跟雛海一比，我根本沒貢獻啊。尤其是最後的接力賽跑，交出接力棒的瞬間就跌了個狗吃屎，超級丟臉的。」

因為我的腳被運動專用的釘鞋狠狠地踩過，在最後的接力賽跑不得不帶傷上場。奔跑的同時，劇痛也一波波襲來，所以交出接力棒後，我立刻如釋重負地跌倒了。哎～那真的很丟臉。明明是備受全校學生矚目的壓軸項目，我卻跌成那副德性。

「涼～你不要講那種話啦～你的貢獻跟雛海不相上下呀！我都知道喔！你在背地裡付出了很大的努力！」

坐在雛海對面的友里，不知為何露出了自信滿滿的表情，用筷子夾著小巧可愛的章魚香腸對準我。

我不知道友里到底是根據什麼說出這番話，不過從她的眼神來看，似乎不是隨便說說而已。

「就算其他人瞧不起你、不認可你……我都會是那個最了解你的人喔！」

「我是很高興啦，但妳幹嘛突然這麼說啊……？我有做什麼值得妳捧成這樣的事情嗎？」

「當然有呀～」

友里笑咪咪地繼續說：

「因為你為了某個人拚盡全力奮鬥，把自己累得筋疲力盡嘛～」

「是、是這樣嗎……謝謝妳，友里。」

聽到友里的誇獎，我感覺到身體微微發熱起來。

我很驚訝她會誇獎成這樣。不過，好像有哪裡怪怪的。「最了解我的人」這個用詞讓我有點在意……

友里她該不會發覺我的真實身分了吧？

不，這不可能。我又沒有露出馬腳，古井同學洩漏給友里的可能性也很低。

是我想太多了嗎？

友里會這麼說，或許單純只是想鼓勵我而已。

「害羞什麼啊？你這個遜咖。被美少女誇一下，整個人就淪陷了嗎？」

當我因為友里的誇獎而不小心竊笑起來之際，冷靜又有重度虐待狂傾向的古井同學就拋來這麼一句話。

「對、對不起，古井同學……」

「你剛才的表情非常有趣耶。一個沒異性緣的男生被可愛的女孩子誇獎後，露出一副超級痴迷的模樣。哎～應該拍下來才對。」

「竟然想拍下別人開心的模樣來嘲笑，古井同學妳果然是重度虐待狂啊。這種個性太扭曲了……」

「哎呀，我剛才聽到了一句很過分的話。我怎麼了？我、怎、麼、了？你說啊？」

忍不住脫口講了句多餘的話，導致古井同學渾身散發出令人毛骨悚然的殺氣。

糟、糟了……我惹她生氣了吧。

一旦變成這樣，我絕對贏不了她。這個世界上，應該沒有人吵得贏古井同學。

就算是那位辯論王（註：指日本網路名人西村博之）出馬，大概也會啞口無言吧。

「啊、啊哈哈哈！會、會不會是妳聽錯了呢……？」

「……嗯～？原來如此，你選擇逃避啊。那也沒關係，反正我有我的對策。」

古井同學說完，從裙子的口袋裡拿出手機，在畫面按了幾下後，將某張照片秀給我、雛海還有友里看。

「你們知道這是誰嗎？不知何時存在我的手機裡的。雖然似曾相識，但有哪個男高中生跌得這麼慘烈嗎？」

「不是，古井同學，那是我啊！在接力賽跑時跌倒的我啊！為什麼妳有拍到那個畫面啊？」

我看到照片後，不禁反射性地吐槽。

古井同學秀給我們三人看的，是我在接力賽跑交出接力棒的瞬間跌個狗吃屎的照片。

她精準抓住按下快門的時機，將我出糗的模樣完整地保存在手機裡。

而且經過兩個星期都沒有刪掉，一直留到現在才拿出來笑我……

果然是虐待狂。這個人是重度虐待狂啊！個性太扭曲了！

「哎呀，真抱歉，我沒想到這個人會是你。大概是剛好有人跌倒，我剛好在看手機，所以就剛好拍下照片了。」

「哪來這麼多神奇的巧合啦！」

「如果想要我刪掉，就說『這世上最美麗、最有智慧的是古井小春大人』。只要你說，我就考慮刪掉。」

「妳怎麼會叫我說這種話啊，古井同學！而且妳說的是『考慮』，並不是絕對會刪掉吧？」

「是啊，沒錯。又不是你道歉了，我就有義務乖乖照做。」

混帳！這個人果然強到不行！馬上就被古井同學牽著鼻子走了……

無論何時，握有主導權的都是古井同學。看這樣子，在畢業之前都沒辦法將她駁得無言以對了吧？

「好了啦！古古！小涼很可憐耶！再說那張照片是他為了把接力棒交給我，一路賣力地跑過來才會這樣呀！」

見我陷入沮喪，雛海拚命地幫我說話。

在雛海拚命勸說之下，古井同學或許也覺得自己有些過分，便將手機收回去了。

看來她雖然對我很強勢，甚至會化身重度虐待狂，但在好朋友面前就會收斂一點。

「好好好，雛海，我知道了，晚點就刪掉。啊，對了，這張照片也該刪掉嗎？我想徵求你們兩人的意見。」

古井同學說完，把本來要收進口袋的手機再次拿給我們看。

只見畫面上並不是我跌倒的那一幕，而是顯示著其他照片。

照片入眼的瞬間——

「「這張照片不能給別人看到！」」

我和雛海異口同聲地大叫道。

古井同學拿給我們看的，不是我闖禍的照片，也不是偷拍到什麼出糗的畫面。

那是在後夜祭跳雙人舞時，我和雛海帶著燦笑牽起彼此的手，開心地跳著舞的照片。

順道一提，時乃澤的運動會有委託專業攝影師，代替教師為學生們拍下許多照片。

攝影師拍的照片會在日後標上號碼貼在走廊上。如果有想要的照片，只要將號碼寫在紙上並交給班導，就可以拿到照片。

但古井同學現在給我們看的，並不是攝影師拍的照片，而是她自己拍的。

也就是說，其他學生都不知道這張照片的存在。

教室裡還有其他學生，她就這樣光明正大地秀出照片，讓我害羞得不禁慌亂起來。

當然不是只有我在慌，旁邊的雛海也一樣。

而她大概是真的很難為情，不知為何頭頂冒出了奇怪的熱煙。

「嘻嘻，這張照片拍得很好，要不要設成手機的鎖定畫面呢？」

也許是對我們的反應很高興，那張小惡魔般的笑容轉變為獲勝的得意表情。

古井同學應該早就知道我們不會想讓其他人看到這張照片。

明明知道，卻還是洋洋得意地拿來取笑我們……

「古、古、古、古、古、古古！雖、雖然不刪掉也沒關係，但不能設成鎖定畫面喔！要、要、要、要是被其他人看見，實在太害羞了……」

雛海用雙手抓住古井同學的小小肩膀，一邊猛搖她的身體，一邊拚命地訴說著。

「哦，是嗎？可是這張照片裡的雛海拍得非常可愛，很可惜耶。不過，我看還是不要再多管閒事好了。」

古井同學說完，關掉手機的畫面，這次真的將手機收進了口袋裡。

她要是把那張照片設成鎖定畫面，我在各種意義上就再也不能來學校了吧。

跟雛海一起跳雙人舞的事情，在部分男生之間掀起了「為什麼是那個男的啊？」和「選我比較好吧」這類的批判聲。

沒有存在感，或者應該說毫無特色的我，跟那位「千年一遇的美少女」一起跳舞的話，會引起反彈好像也沒什麼好意外的。

不只是男生，女生們也幾番追問我們有沒有交往。

「不過，雛海跟涼真令人羨慕呢～你們看起來超享受雙人舞的。我也得多創造一點快樂的回憶才行啊～」

友里一臉羨慕地看著雛海，將白飯送入口中。

「友里的表現也非常亮眼呀，應該比我留下了更多美好的回憶吧？」

「這個嘛～是沒錯啦～但ＭＶＰ也被妳拿走了，這下只能趁暑假創造豐富的回憶了吧！」

「暑假啊……也對，高中生活的第一個暑假差不多快到了。」

從友里口中聽到「暑假」這個關鍵字，便確切地感受到第一學期即將結束的事實。

上高中時，不僅跟雛海同班，連座位也相鄰，而且很快就被古井同學發現真實身分了。

該說是風波不斷嗎？實在是發生太多事情了。

不過，我熬過所有的難關，終於能好好犒賞自己了。放暑假之後，就可以一直悠閒地窩在家裡。

「涼你暑假有打算做什麼嗎？」

「目前沒有耶～我也沒加入社團。大概會過著放鬆耍廢的生活吧。」

我查看手機裡安裝的行事曆程式。

七月後半到八月的月曆沒有安排任何計畫。

小學時每年都會跟家人去旅行，但我如今是高中生了。這個年紀還黏著家人去旅行有點難為情。再說妹妹是國中生，還處於叛逆期。

比起家人，美智香更傾向跟朋友待在一起，大概不會想要全家人一起去旅行吧。

就算要去旅行，她一定也會說：「啊，我就不去了。跟哥去旅行太丟臉了，我才不要。」

「反正我很閒，就打打遊戲消磨時間吧。」

我關掉行事曆程式，打算直接啟動音遊。

「這樣啊，原來小涼暑假沒什麼計畫。」

這時，雛海喃喃說道。

「咦？有什麼問題嗎？」

「咦？沒、沒有！我只是想了一下事情！」

雛海有些慌張地大咬一口便當的配菜，從我身上移開視線。

難、難道我……

看起來很可憐嗎？絕對是這樣吧？

我旁邊的三個美少女都很受歡迎。她們的暑假一定早就塞滿了行程。

哈哈……真是悲從中來……

我眼中泛著淚水，開始打音遊。

然而，我現在還無從得知這時候的發言會成為開端，讓我因此獲得許多回憶，甚至遇上意外事件。

第二話　可疑的人影

在地鐵拯救美少女後
默默離去的我，
成了舉國知名的英雄。

「啊！老師快看！雛姊姊來了！雛姊姊好久不見～！」

「我來接妳嘍，而且怎麼會是好久不見呢？我們每天都見面吧？」

穿過托兒所的大門後，在沙坑跟老師一起玩耍的蜜柑就拚命地擺動兩條小小的腿，用盡全力衝了過來，就這樣猛地抱住我的腳。

她本來跟托兒所的老師在沙坑玩耍，所以臉上布滿沙子和汗水。

平常都是媽媽下班回家時來接蜜柑，但她最近似乎公事繁忙，所以換我來接蜜柑。

「雛海同學，妳好。在妳來之前，蜜柑一～直在玩沙喔，在外頭玩了將近一個小時呢。」

跟蜜柑一起在沙坑玩耍的老師也緊隨在後，一邊擦著額頭上的汗水，一邊跑到我這邊來。

「竟、竟然在外面玩了這麼久呀。真抱歉，讓您特地花許多時間陪她玩。」

「不會啦！蜜柑和其他小朋友不一樣，好奇心很旺盛，所以有時候會辛苦一點就是了。」

我非常明白老師的意思，也有同感。

蜜柑好奇心強，一旦喜歡上某個事物，就會沉迷到忘記時間，直到膩了為止。

雖說現在是傍晚，但還殘留著潮濕的暑氣，在這種天氣下流著汗陪蜜柑玩沙，想必對老師造成不小的負擔。

「好啦，蜜柑，既然姊姊來了，那該跟老師說拜拜嘍。」

「了解！老師拜拜～！」

蜜柑不知為何擺出警察的敬禮姿勢，向老師道別。

她最近很迷刑事劇，似乎對敬禮懷抱著一股嚮往。

「不行喔，蜜柑，要好好說再見才行呀。」

「拜拜～！」

「真是的！這跟剛才不是一樣嗎！」

雖然蜜柑還是老樣子，但老師還是露出溫柔的笑容，揮著手目送我們離去。

◇

離開托兒所後，我和蜜柑手牽著手，一起走向最近的車站。

在黃昏的天空下，蜜柑開始說起今天的晚餐。

「雛姊姊～今天晚餐吃什麼呀～？」

「唔……不知道耶～會不會有蜜柑討厭的羊栖菜呢？」

「不要～！討厭討厭！我要吃肉肉～！肉肉！」

蜜柑鼓著臉頰，跺腳拚命抗議。

「好了，蜜柑，不可以耍任性喔。媽媽也是在忙碌的工作中抽空為我們做好吃的飯菜呀。」

「不要～！我就是想吃肉肉嘛！肉肉、肉肉、肉肉！肉～肉～！」

「真是的，喊肉肉也喊太多次了吧。而且現在不是還沒有確定嗎？姊姊也不曉得晚餐會吃什麼，只是隨便猜一下而已。」

「真的嗎？那今天的晚餐是不是有可能會吃牛排呢？」

「也不是完全不可能喔～畢竟媽媽有時候會把晚餐煮得很豐盛，用來犒賞自己工作的辛勞。」

我這麼說完，蜜柑那鼓起的臉頰便恢復原狀，眼睛則瞬間綻放出亮晶晶的光芒。她就這樣蹦蹦跳跳了起來。

「耶～！好期待今天的晚餐喔～！」

看著在身旁興高采烈的蜜柑，不知怎地連我的心情也雀躍了起來。

蜜柑雖然很我行我素，但開心的時候會盡情歡笑，比任何人都還要率真，我這個妹妹真是太可愛了～

我握緊蜜柑的手，看著那張欣喜的臉龐輕輕一笑。

今天的晚餐究竟會吃什麼呢……

正當我如此思考之際——

「那、那就是……九條雛海……」

背後突然傳來男性的聲音，我的背脊竄過一股惡寒。

對方的聲音相當低沉，令人有些毛骨悚然。我沒聽過這樣的聲音……

而、而且不知何故……

我明明沒有向後轉頭，卻隱隱能感覺到有人正在看我。

我恐懼至極，身體不禁顫抖起來。

好、好可怕……到底是誰？要求救嗎？

但、但是周遭沒有任何人在，而且說不定是我的錯覺。

現在身邊還有蜜柑，要是輕舉妄動的話，可能會連累妹妹受傷害。

該、該怎麼辦才好……

緊張、不安以及恐懼席捲而來，額上不知何時流下冷汗。

從額頭冒出的冷汗一路滑到臉頰，接著落到地上。

還、還不確定可疑人物就在背後，搞不好是我聽錯了。

沒錯，只要轉頭就好。沒、沒什麼好怕的！

我握緊蜜柑的小手，準備向後轉頭的瞬間──

「雛姊姊，妳怎麼了？手為什麼流了這麼多汗？而且我的手好痛喔。」

可能是我不小心握太大力了，蜜柑露出有些疼痛的表情，一雙眼緊緊地盯著我看。

我連忙放開她的手，然後不斷輕撫她的頭。

「對、對不起，蜜柑。姊姊想了一下事情。」

「想事情？」

「對、對呀，不、不過已經沒事了！抱、抱歉喔，蜜柑。」

「了解！」

蜜柑大概是聽懂了，臉上揚起笑容，又做了一次剛才跟老師道別時的敬禮姿勢。

看到她的笑容後，緊張與不安稍微減輕，總算恢復鎮定了。

「蜜、蜜柑，我問一下喔，妳剛才有聽到奇怪的聲音嗎？」

我之所以這麼問，是為了確認蜜柑是否有聽到剛才那個聲音，但蜜柑歪起腦袋，露出疑惑的表情。

「嗯？聲音……？誰的聲音？」

「雖、雖然不知道是誰，不過剛才背後沒有突然傳來男人的聲音嗎？」

「咦～我沒聽到那種聲音呀～再說，雛姊姊！背後什麼人都沒有喔？」

蜜柑轉頭朝後方一指，我循著她的指尖看過去……

我們的背後，確實沒有任何人在。

只有將我們走過的道路夾在中間的兩排住宅，以及電線桿而已。

不管往哪裡看，都找不到任何可疑人物的蹤影。

「難道是我聽錯了嗎……？」

考慮到周遭有住宅，或許是室內播放的連續劇或動畫的聲音傳到外面，導致我誤會了。

一、一定是這樣吧……是我想多了，太累才會這樣。

「雛姊姊沒事吧？」

「嗯，剛才真是抱歉，蜜柑。啊，為了表示歉意，我們去便利商店買個冰淇淋再回家吧？」

「真的嗎？耶～！最愛雛姊姊了！快點去便利商店吧！」

蜜柑踩著蹦蹦跳跳的腳步，用力拉著我朝便利商店跑過去。

後來，我們在便利商店買完冰淇淋，便踏上了回家的路。

途中沒有再聽到那時候的可疑聲音，也沒有心底發毛的感覺。

果然是我聽錯了吧……

◇

當天晚上——

吃完晚餐後，我在自己房間寫學校的作業。

解數學題目之際，我忽然想起跟蜜柑一起回家時的事情。

「那、那就是……九條雛海……」

那毫無疑問是男性的聲音。聲線非常低沉，令人有些毛骨悚然。

雖然蜜柑說沒有聽到，但我還是覺得有哪裡不太對勁。不只是聲音，我確實感覺到有人在。

那道詭異的聲音究竟是什麼人……

啊——！不行，現在得專心寫功課！別再東想西想了！

我握緊自動鉛筆，再次開始閱讀題目內容，在筆記本上寫下數學公式。

一旦想著數學公式開始解題，雜念就從腦中消失，能夠全心全意地投入於題目中。

經過二十分鐘左右，我將所有被指定為作業的題目都解完了。

「呼～結束了～！」

我坐在椅子上用力伸懶腰。看了看時鐘，現在才九點半而已。作業都寫完了，看個可愛的柴犬影片撫慰辛勞好了。

我拿起放在床上的手機，準備輸入密碼。

叮咚！

這時，手機忽然發出通知音。我心想應該是某個程式的通知，一看發現是ＩＧ發出的，而且寄件人我不認識，完全是個陌生人。這不是粉絲傳的私訊。

「又是奇怪的邀約嗎？」

自從發生地鐵隨機殺人魔事件後，我的粉絲就暴增非常多，所以也遇到同樣大量的奇怪邀約及酸民的騷擾行徑，三不五時就會收到私訊。

我原本以為今天收到的鐵定也是這種私訊。

但一查看私訊內容後，我拿著手機的手……不，是全身都開始顫抖，說不出話來。

這、這是什麼內容……到底是怎麼回事？

我嚇得張口結舌。因為突然收到的這封私訊上如此寫道：

『給雛海：

雖然今天沒能說到話，但這陣子我會再去找妳的。

好好期待吧。有機會一起玩喔。』

不、不會吧……這是什麼……

我不知道這是誰傳的訊息。從帳號的個人簡介來看，因為沒有任何記述，應該是創來聯絡的免洗帳號。

不過，這個內容……

我聽到的那個聲音，果然不是幻聽……！

所以我被怪人纏上了嗎？

可、可是要怎麼辦？雖然難以置信……但難道說……

這就是跟蹤狂嗎？

看準放學時間跟在我後面，還傳這種私訊過來，除了跟蹤狂之外，我想不到其他可能。

雖然不知道他接近我的目的是什麼，但一定是跟蹤狂。

怎、怎麼辦！

而且「有機會一起玩喔」這句話的意思是……

他可能還會來找我嗎？

我嚇得將手機掉在地上，一句話也說不出來，害怕到雞皮疙瘩不斷。

既然我跟蜜柑回家時他也跟在後面，那他或許已經知道我住在哪裡了。

傳這封私訊的跟蹤狂，說不定現在就站在我家外面。

好可怕。但、但必須確認一下才行！

我努力移動顫抖的身體，抓緊了窗簾。

接著，我將窗簾拉開一條縫隙，悄悄地窺看窗外。從窗戶可以看到幾根電線桿——

而電線桿的後面，隱約可見一道男性的身影。

人影映入眼簾的瞬間，我立刻拉起窗簾，當場蹲下身來。

他在。他在！他在！

即使有路燈照亮周遭，從這裡看過去還是隔了一小段距離，沒辦法看得很清楚。

但電線桿後面確實有人在，而且正目不轉睛地看著這邊。

好、好可怕！怎麼辦！

當我瑟瑟發抖之際，耳邊忽然傳來敲房門的聲音。

「喂～雛海，我突然想到忘記端出飯後甜點了，妳要吃嗎～？啊，還是妳正在念書？」

媽媽一邊說著，一邊慢慢打開我房間的房門。然後，她一看到我瑟縮在窗邊，連忙衝了過來。

「喂……喂！雛海妳怎麼了？肚子痛嗎？還是身體哪裡不舒服？」

也許是聽到媽媽的話語令我安心下來，些許淚水奪眶而出。

媽媽見狀，變得更加驚慌了。

「到底是怎麼了？在學校遇到討厭的事情了嗎？有什麼事儘管告訴媽媽！」

我用顫抖的嘴唇，將先前發生的事全都說給媽媽聽。

今天傍晚跟蜜柑回家時，聽到了可疑的聲音。

然後ＩＧ收到奇怪的私訊，還從窗戶看見電線桿後面有人在。

全部都說出來後，媽媽臉色一變，露出銳利的眼神。

「好，雛海。雖然爸爸現在不在家，不過媽媽還是去外面看一下情況吧。」

「妳、妳不能一個人去啦！」

「放心，一有異狀我就會立刻回來的！」

「可、可是……」

「要是有個萬一，不只是雛海，連蜜柑都會有危險吧？得趁現在確認清楚才行。妳不要太擔心，好嗎？」

「好、好的，我知道了，媽媽……」

我勉為其難地答應後，媽媽就溫柔地撫摸我的頭。

由於我去外面會很危險，便決定至少在玄關目送媽媽離開。這點程度的事我說什麼都一定要做。

媽媽在玄關穿上鞋子後，靜靜地打開門鎖。

「有什麼事就立刻報警，知道嗎？」

「知、知道……」

我點點頭，媽媽則緩緩打開家門，往外頭走出去。

我一邊祈禱媽媽平安無事，一邊在玄關等了五分鐘。

喀鏘！

傳來了轉動門鎖的聲響。

接著，門緩緩開啟，只見站在眼前的——不是可疑的男人，而是媽媽。

一看到媽媽的臉龐，我暫且放下心來，深深地吐出一口氣。

「媽、媽媽，還好嗎……？沒遇到什麼事吧？」

「我不要緊，雛海。媽媽剛才巡視了一下周遭，沒看到哪裡有可疑的人喔？」

「真、真的嗎?真的一點事也沒有嗎?」

「嗯,一切都很正常。」

「可、可是我確實看到了!電線桿後面真的有人影!」

我忍不住大聲說道。媽媽不知為何噗哧一笑。

「哦~那個呀,電線桿旁邊的確有人,但那是個年紀滿小的女孩子喔。看起來跟妳差不多大吧?應該是對面鄰居兒子的女朋友。我看她在講電話,可能是要請父母來接她回家吧?」

「真、真的?那不是男人嗎?」

「嗯,雖然不知道是哪裡的高中,但她身上穿著制服,那樣的外表也實在不像是男扮女裝。」

「這樣啊……」

那麼,剛才單純是我看錯了嗎?

收到奇怪的私訊後,確認外頭情況時發現人影。然而,那個人其實是對面鄰居兒子的女朋友。

果然是我太過敏感了吧……

「雛海,媽媽明白剛才的私訊和今天回家時發生的事讓妳覺得很不安,但我們家畢竟有保全系統，還有裝監視器。所以，就算深夜有可疑人物闖進來也不用擔心。」

「媽媽……」

「雖然今天的事讓妳嚇壞了，不過就再觀察一陣子吧。要是類似今天的事一直發生，那就必須找警察商量了。但是現在也還不確定真的有人在跟蹤妳。」

「好、好的，我明白了。」

「我們家附近沒有可疑人物，妳今天就放心去睡吧。如果有什麼事，要立刻呼救喔？」

「知道了，媽媽。謝謝妳特地出去巡視。」

我垂著頭這麼說完，媽媽便又一次輕撫我的頭。接著，她就這樣溫聲安慰道：

「雛海妳可是我的女兒，無論任何時候，媽媽都會跟妳站在一起，所以不用擔心。保險起見，我晚點也會把今天的事情告訴爸爸。」

「嗯。」

我抬起頭，看到媽媽的溫柔笑容後，稍微打起了一點精神。

媽媽說得沒錯，還不確定真的有人在跟蹤我。說不定只是酸民的騷擾而已。

今天早早上床睡覺吧。

最後跟媽媽緊緊相擁後，我直接回到房間，沉入了夢鄉。

「然後呀，古古，昨天發生了這樣的事情……」

「原來如此，這確實很令人不安。謝謝妳願意告訴我。」

「不會，反而是我該道謝才對。謝謝妳聽我說這麼沉重的事情。」

◇

隔天午休——

我約古古來頂樓，跟她商量昨天發生的事。

像是跟蜜柑回家時聽到怪聲和感覺有人在，還有可疑的私訊等。

本來的話，應該找班導或其他大人商量才對，但我覺得古古能幫上更多的忙，所以就來問問她的意見。

「雛海，我想問個問題，妳從以前就經常遇到這種騷擾行為嗎？還是最近才發生的？」

「應該是從昨天開始的吧……雖然之前常收到酸民的可怕私訊，不過這種類型的昨天是第一次遇到。」

「原來如此……儘管還不曉得對方的目的，但很有可能是跟蹤狂。」

「果、果然是這樣吧……」

當古古口中說出「跟蹤狂」這幾個字時，我再次心生恐懼。

跟蹤、突然出聲、傳私訊……

會做出這些行為的人，很有可能是跟蹤狂。

這點程度的道理我也明白，但依然隱隱相信著會有其他可能。

對方一定不是跟蹤狂。或許就是個酸民而已。

我希望是如此，想要相信對方不是跟蹤狂，只是往這個方向思考確實比較合情合理。

「雛海，妳有想到可能是哪個人嗎……？」

「抱歉，我不知道，因為我認識的男生很少……啊，難道是草柳同學嗎？」

「不能斷定沒有這個可能，但我覺得不是。畢竟他當初受到周遭那麼多的矚目，卻在最後一刻暴露了自己的本性吧？想必已經受夠教訓了，而且他應該也保證過不會再靠近妳。我認為不需要懷疑到他身上。」

「這樣啊，那我真的沒頭緒了。上國中之後身邊都是女生，雖然現在班上也有男生，但除了小涼之外沒說過幾句話，實在想不到是誰。」

「既然如此，恐怕是單方面對妳抱有好感的第三人。也就是說，對方跟妳極有可能從來沒見過面。」

「意思是從網路上知道我，然後就變成跟蹤狂了嗎？」

「或許是這樣。」

那天——接受地鐵殺人魔的相關街頭採訪後，我就以網路為中心爆紅了。

雖然也有好處，但坦白說，壞處可能更多。

我接受採訪時的照片在網路上瘋傳，結果引起不特定多數人的注意，最終連跟蹤狂都吸引過來了。

這樣一來，所有日本人……不對，全世界的人都會成為嫌犯。連誰有嫌疑都不知道。

「古古，我該怎麼辦？是不是找警察商量比較好？」

我一問，古古就搖了搖頭。

「沒用的。沒造成損害的話，警察不會處理。基本上都要等到出事之後，警察才會處理，在出事前就採取行動是很罕見的情況。所以就算妳去商量這件事，他們頂多只會提醒妳不要獨自走夜路回家而已。」

「是、是嗎……果然是這樣。因為還沒有造成任何損害，警察也沒辦法處理吧。」

實際損害——比如說遭到暴力攻擊，或是個資被洩漏到網路上。這些都沒有發生在我身上。

古古說得沒錯，就算找警察商量，可能只會被輕輕帶過。

當我在垂頭喪氣之際，古古就輕輕地握住我的手。

「別擔心，雛海，還有我在呀。我絕對會保護妳，也相信著妳。剛才說的那些事情，我知道全是真的。所以妳不要一個人陷入煩惱，好嗎？」

「古古……」

古古握著我的手，露出溫柔的微笑，像是要我安心一樣。

沒錯，我身邊有古古，還有其他人。

並不是孤單一人。

「剩一個星期就要放暑假了，這段期間妳上下學都跟我們一起吧。去接蜜柑的時候也會有人陪妳的。只要兩人以上一起行動，對方也沒那麼容易靠近妳，說不定過陣子就會放棄跟蹤了。」

「有道理，我會盡量避免落單的。」

「嗯，一有事情要立刻再來找我商量喔，雛海。」

「我知道了，謝謝妳，古古。」

「這沒什麼。另外，這件事不要告訴任何人。」

「咦？任何人嗎？」

「對，消息擴散得很快，妳被跟蹤狂盯上的事情如果傳得人盡皆知，只會徒增混亂和恐慌而已。沒必要告訴其他無關的人。」

「說得也是。嗯，我知道了！謝謝妳，古古！」

「不用道謝，畢竟雛海是我的……朋友啊。」

◇

「什、什麼——？雛海被跟蹤了？」

「太大聲了，還以為耳膜要破裂了。」

從古井同學口中聽到「跟蹤狂」這幾個字，我忍不住大叫出聲。

吃完晚餐，我在自己房間耍廢時，突然接到古井同學打來的電話。

戰戰兢兢地接起她的電話後，她就跟我說了雛海身邊出現跟蹤狂的事情。

走了一個濫交渣男，來了一個跟蹤狂啊。而且這次還攸關雛海的人身安危。

如果對方很危險的話，最糟的情況下可能會被殺掉。

「這、這件事是真的吧？」

「當然是真的啊，我才不會拿這種事開玩笑。雛海今天午休找我商量過了。為求謹慎，這件事請你保密。」

「原來如此，所以妳們兩個今天午休才會不在教室啊……我會好好保密的。」

雛海平常午休總是跟友里和古井同學在一起，但今天難得兩個人都不在教室，留友里獨自一人。不過，友里都在跟我打音遊，看起來並沒有感到寂寞的樣子。

「知道對方的特徵嗎？」

「不，現在連線索都沒有。ＩＧ私訊也是用免洗帳號傳的，很難鎖定目標。對方的特徵和年齡一概不清楚。硬要說的話，聲音就是唯一的線索吧，只知道是男性的聲音。但光憑這一點也沒辦法採取任何對策。」

「是嗎……這樣完全搞不明白跟蹤狂是什麼樣的傢伙啊。」

「對，不過根據我的猜測，對方很有可能是學生、自由業或無業遊民，應該不會是上班族。」

「咦？是這樣嗎？」

「理由很簡單。從他在放學後跟蹤雛海這一點來看，一般上班族就可以排除在外了，放學時間應該還在工作才對。所以考慮到他白天也能自由行動，就能將範圍縮小到學生或自由業。」

「原來如此啊。無論如何，既然是時間很多的人，感覺還滿不妙的……說不定整天追著雛海跑也不成問題。」

「我有同感，完全無法預測對方會做出什麼事。」

雖然還不清楚對方的身分，但可以確定是個相當危險的人物。不僅跟蹤，還傳私訊，搞不好連住在哪裡都被發現了。

想到這些，連我都覺得毛骨悚然。

「再過一個星期就要放暑假了，在那之前，絕對不能讓雛海落單。」

「沒錯，上下學不用說，也必須陪她去接蜜柑才行，不然又會被盯上。」

「妳說得對，總之我放學會裝成偶然跟雛海走在一起。去接蜜柑的時候，基本上也都由我陪她吧。」

「太好了，只要雛海身邊有男生，應該就能達到嚇阻效果。不過，你可不能跟她黏得太近。」

「不是……雛海都被跟蹤狂盯上了，我怎麼可能跟她卿卿我我啊？」

「我才不是那個意思，蠢蛋。要是你們看起來感情太好，跟蹤狂反而會因為嫉妒而做出危險的事情也說不定，不是嗎？」

「哦，原來是這個意思啊……妳說得確實沒錯。」

跟蹤狂確定是男性沒錯，因為雛海似乎有說她跟蜜柑一起回家時，聽到了背後傳來男性的聲音。

因此，同樣身為男性的我，要是跟雛海卿卿我我，彷彿在對跟蹤狂示威一樣，對方會作何感想……

就算沒異性緣的我也不難想像，鐵定會嫉妒得發狂。

這樣的話，雛海就真的很危險了。搞不好會拿著刀子攻擊雛海。

所以我必須牢記，要單純作為一個朋友待在她身邊。

「還有一個星期就開始放暑假，總之你一直陪在雛海身邊就對了。剛才也說過了，雛海只有找我商量而已，所以你別隨便提起跟蹤狂的話題，我不想讓雛海產生無謂的擔心。我會去調查這一帶有沒有可疑人物出沒。」

「ＯＫ，那就我負責護衛，古井同學妳負責調查。」

「要這麼說也可以。明天起就拜託你了，一有事情就立刻報警。」

「了解。」

「另外，這件事絕對不能告訴其他人。消息很快就會傳遍學校。」

「這我知道，我會保密的。」

「好，那明天起就萬事拜託了，晚安。」

說完這句話，古井同學便掛斷電話。

沒想到連跟蹤狂都出現了……

不過，畢竟雛海漂亮到被譽為「千年一遇的美少女」。出現跟蹤狂倒也不奇怪就是了。

但對方究竟是什麼來頭呢……？

依照古井同學的說法，對方毫無疑問是男性。會盯上未成年美少女的人，一定不是什麼好東西。

在學校附近蹲點等雛海出來，然後還一路跟在後面，這未免太可怕了。

對方肯定是個危險人物。我無論如何都要保護好雛海才行……！

◇

從古井同學口中得知那些事之後，一轉眼三天過去了。

今天，我、雛海還有蜜柑一起走在晚霞染紅的天空下，往車站前進。

我按照古井同學的囑咐，時時提醒自己要一直待在雛海身邊。今天也極盡自然地提出邀約，跟她說：「我想見見蜜柑，可以跟妳一起去嗎？」於是放學就一起走了。

古井同學找我商量後已經三天過去，目前還沒有目擊到跟蹤狂或騷擾行為。

對方或許是躲起來監視著雛海，沒有直接出手造成傷害。

但不能掉以輕心。就算目前什麼事都沒發生，也無法保證今後就不會出事。

所以，今天也由我負責陪雛海去接蜜柑，理所當然地跟在她身邊。

從放學之後已經過了好一段時間，沒看到什麼可疑的人物。應該說，除了我們三人之外，周遭半個人都沒有。

看來這個時段沒什麼人潮。

既然如此，對跟蹤狂來說就是絕佳的機會了。難怪對方三天前會在這附近朝雛海出聲。

周遭有電線桿和郵筒等，可以躲躲藏藏地跟在後面。

他一定是看準這個時段沒有人才會出聲。

不過，放暑假前我都會待在雛海身邊，不會讓對方稱心如意的。

「小涼最近常常說想見蜜柑耶，你喜歡小孩子嗎？」

當我稍微思考了一下跟蹤狂的事情時，走在旁邊的雛海就這麼說道。

「嗯，算是喜歡吧。我也有妹妹啊，小時候經常要照顧她。啊，但我可不是蘿莉控喔。」

「嘻嘻！放心啦，小涼，我不會產生那種誤解。不過我有點意外耶～原來小涼喜歡小孩子呀。」

「對、對啊，我喜歡。」

我要暗中保護雛海不受跟蹤狂傷害。這件事她本人也不知道。要是她知道的話，會變得更加憂心忡忡。我就是默默地陪著她，不能傻傻地老實說出原因。

所以我只是順著話題說下去而已。不過，喜歡小孩子倒是真的（不是蘿莉控）。

「原來如此，小涼喜歡小孩子啊……感覺將來會是個好爸爸呢。」

雛海輕聲嘀咕道，我的耳朵將這句話聽得一清二楚。

聽到雛海這麼說，就算心裡清楚這是客套話，還是不由得雀躍了起來……

「謝、謝謝妳，雛海。要是能結婚的話，我會努力當一個好爸爸的。」

「呃，嗯……咦？等等！你聽到我剛才說的話了嗎？」

「嗯，雖然很小聲，但我有聽到。」

我臉頰滾燙地說完，就聽到走在旁邊的雛海身上傳出「唰——！」的音效。

大概是不想被我聽到剛才那句話，雛海的臉龐通紅不已。而且她可能很驚慌，嘴巴一張一合想說些什麼，但似乎是害羞到什麼都說不出口。

可惡，這也太可愛了吧。

當我們注意著彼此的反應時——

「涼哥哥，雛姊姊，你們的臉怎麼從剛才就紅通通的呀……？」

兩個人都在害羞之際，走在中間的蜜柑就突然開口了。

跟蹤狂的事情當然沒有告訴蜜柑。她大概是因為沒聽懂我們的對話，忍不住好奇地這麼問了吧。

「沒、沒有啦！不是什麼大不了的事……！真的！」

我努力想搪塞過去……

「……你們在隱瞞什麼吧？」

聽到蜜柑這麼問，我不禁移開視線。

為什麼蜜柑的直覺偏偏在這種時候這麼準？還是我太不會搪塞了？

無論如何，絕對不能被蜜柑發現。

「我、我們哪有隱瞞什麼啊？雛、雛海？」

「咦？對、對呀！真的什麼事都沒有喔，蜜柑？我們沒有隱瞞任何事情啦！」

我和雛海想盡辦法搪塞過去，蜜柑卻雙手環胸，「唔～」地沉吟起來，陷入了思索。

幾秒過後，她彷彿靈機一動，突然雙眼綻放出光采，大聲說出這種話：

「啊！我知道嘍？你們打算下次一起睡午覺吧！」

「「絕對不是這樣！」」

嗯，看來蜜柑的直覺果然一點都不準。明明壓根沒有提到睡午覺的事情，怎麼會產生這種誤會……

「蜜柑，我順道問一下，妳為什麼會這麼猜啊？」

我忍不住好奇地問道，結果蜜柑就露出「問得好」的表情，說出她的想法：

「畢竟～年輕男女會聊的事情只有點心和睡午覺呀？」

「蜜柑妳說的只是自己的興趣吧？妳的興趣和我們的興趣應該不一致喔？在我們這個年紀不會去想點心或睡午覺的事情啦。」

「……騙人！你都不會想吃好吃的點心嗎？也不會想跟園長一起睡午覺嗎？」

「一般都不會想那種事啊，蜜柑。何況高中又沒有園長。」

我這麼一說，蜜柑就臉色凝重地用小小的手抓緊雛海的裙子。

「雛姊姊……涼哥哥的人生白活了。他好可憐，我們下次可以在托兒所一起睡午覺和開點心派對嗎？」

「當然不行呀，蜜柑……而且小涼是大妳好多歲的哥哥呢。」

為什麼我要被一個托兒所的小朋友同情成這樣呢……

蜜柑果然是個有點奇特的孩子。

雛海是品行端正、完美無缺的美少女；至於蜜柑的話，常識不適用在她身上，是活在自己世界、獨一無二的小女孩。

這對姊妹是怎樣……

「雛姊姊，我們下次跟涼哥哥一起開點心派對吧？買豆沙包超人的軟糖和假面實況主的洋芋片一起開派對，好不好？」

「蜜柑……妳是不是說到一半把自己的欲望混進點心派對裡了……？」

「嗯！混進去嘍！因為我想吃嘛！」

「那再加上羊栖菜吧，光吃點心對身體不好。」

「啊～！涼哥哥很壞耶！你是知道我討厭羊栖菜才故意提的！討厭討厭討厭討厭討厭！」

我說出羊栖菜這幾個字的瞬間，蜜柑就握緊小小的手，輕輕敲打起我的大腿。

雖然一點也不痛，但該怎麼說呢……

小女孩拚命抵抗的模樣實在太惹人憐愛了。

雛海也有這樣的時期嗎？任何人應該都經歷過叛逆期吧。

正當我在思考這種事情時，蜜柑突然停下敲打大腿的手。

接著，她目不轉睛地看著我，撒嬌似的伸出雙手。

「涼哥哥……我累了。背背。」

情緒起伏未免也太大了吧……

剛才還那樣拚命地嬉鬧，嘰嘰喳喳地不斷講話，結果這麼快就累了。

「不行喔，蜜柑，加把勁走回家吧！」

雛海語氣有些嚴厲地說，但蜜柑還是不肯罷休。

「不要～！我想在涼哥哥的背上睡覺！我累了啦！」

「啊哈哈……沒關係啦，雛海。蜜柑看起來很睏，我也不介意。」

就這樣什麼都不做的話，感覺蜜柑隨時都會睡著。她已經半垂著眼皮了。

蜜柑果然是個奇特的孩子，真的無法預測她的行動……

「可、可是……小涼。」

「好了，真的沒關係啦。來，蜜柑，我背妳吧。」

「嗯～」

蜜柑回答後，我便蹲下來，背朝著她。然後蜜柑將體重全都倚靠在我背上，直接一秒入睡。轉過頭就能看到那張睡得香甜的表情。

墜入夢鄉的速度未免太快了……

「小涼，真是抱歉，蜜柑就只知道給人惹麻煩。」

「我完全沒差啊。不過，剛才還那樣嘻嘻哈哈的，沒想到會突然喊睏。蜜柑果然很令人捉摸不清呢。」

「嗯……我這個做姊姊的也還沒辦法將她理解得很透徹。之前有一次啊，她也跑來我的房間要一起玩，卻又說還是睡覺好了，就這樣鑽進我的被窩了。」

「原來如此，蜜柑可能想做什麼都是看當下的心情吧。」

回想起來，第一次去雛海家的時候，蜜柑才剛扮成假面實況主，下一刻卻採訪了我幾個怪問題。她難道總是順應著欲望而活嗎？雖然很可愛，但跟雛海恰恰相反，兩個人一點都不像。

「好了，雛海。我們就這樣走去車站吧。」

「嗯！謝謝你願意遷就蜜柑的任性。」

這時，晚霞染紅的天空開始慢慢轉暗。

我背著蜜柑，和雛海有說有笑地一起走到車站。

和雛海聊天的時候，我依然保持警戒，一直留意著周遭，但還是沒發現可疑的人影。

跟蹤狂始終沒有現身。

自從雛海被跟蹤狂盯上後，一轉眼經過一星期，終於邁入暑假了。

也許該慶幸我或古井同學上下學一定會緊跟在雛海身邊同進同出，完全沒有看到疑似跟蹤狂的人物。

雖然想當作問題已經解決，但坦白說，我不認為跟蹤狂會放棄雛海。

他極有可能還在找機會對雛海下手。

明明是高中生活的第一個暑假，心情卻怎麼也無法平靜下來。

我窩在冷氣很強的房間裡打音遊，想要轉移注意力。

對方盯上雛海的原因，恐怕是她那姣好的外貌吧。

發生草柳的事情後，全國各地又開始熱烈地討論雛海，有奇怪的傢伙盯上她也不奇怪。

但都放暑假了，要隨時跟雛海一起行動也很困難，沒辦法一直待在她身邊。

實際上，暑假已經過了一個星期，我還沒有見過雛海。

我的高中生活到底為什麼會風波不斷啊？

本來想藏起真實身分低調度日，卻沒想到麻煩一個接著一個出現……

當我腦中轉著這些念頭之際，音遊也愈玩愈起勁。

即將進入很複雜的譜面。要是零失誤撐到最後，就能獲得「完美」的稱號。

好，馬上就是超難譜面了。必須卯足全力才行！

大概是有點興奮的緣故，我將手機緊緊握住。

已經做好心理準備了，放馬過來吧！

我才剛這麼想完——

鈴鈴鈴——！

手機隨著來電鈴聲發出振動，我的音遊畫面突然切換成來電畫面。

是我妹妹美智香打的。

…………

混帳，又來了！這種情況發生幾次了啊！

為什麼這傢伙每次都在關鍵時刻進房間或打電話來妨礙我啊！

到底是怎樣？故意惹我生氣嗎？她是專門來折磨親哥哥的魔鬼嗎？

我努力壓下音遊被打斷的煩躁感，接起美智香的電話。

「喂？美智香，請問妳有何貴事？」

「哥，去接電話。」

「……咦？不是，我現在不就在講電話嗎……？」

「我打來就是要告訴你家裡電話有人打來找你。動點腦筋啦，笨蛋。」

「……什麼？等一下，我現在知道有電話找我，也大概猜到對方是誰了。但妳明明人在家裡，幹嘛還打電話叫我？很莫名其妙耶，像以往一樣來我房間說一聲就行了吧？」

爸媽現在不在家，只有美智香和我在。也就是說，如果她有什麼事想告訴我，不需要特地打電話，直接過來講就可以了。我實在搞不懂她何必打手機給我。

身為哥哥，完全無法理解妹妹怎麼會這麼做……

然而，我妹妹美智香語出驚人地說：

「咦？不要，我才懶得去哥的房間。應該說我不想進去。我要盡可能讓哥別出現在我的視野中。」

「連講三句這麼過分的話，哥哥都快因為HP見底而倒下了好嗎？現在還是上午十點吧？為什麼一天才剛開始就要聽到這種削減HP的言論啊？」

「因為哥很麻煩啊，隔著電話也超煩的。」

哈哈～原來如此。我明白她的意思了。

美智香不想看到我的臉，不想進我的房間，覺得跟我面對面講話很煩。

基於上述理由，美智香才會特地打手機通知我。

而且還是在我打音遊的時候。

很～好，我知道了。解決完事情後，我非得好好念美智香一頓不可！

「哦～是是是，我懂了，我明白妳的苦衷了。哥哥走出房間去接家裡電話就可以了吧？」

「對。我等等要跟朋友玩，打掃浴室、洗衣服和打掃廁所全都交給你了，拜。」

「喂！妳幹嘛若無其事地把家事全都丟給我啊！我是很感謝妳特地通知有電話找我啦，但家事妳也要分擔一部分才行！」

「不是，我早就做完了。」

「妳做了什麼？」

「洗早餐的盤子。我是說自己用過的。」

「那也算做過家事嗎？妳只洗自己的而已啊！至少也洗一下我的吧！」

「不要，我洗不下去。哥，我要掛了，之後就交給你了。反正你很閒吧？沒做會被處罰喔。」

「這句話本來是我該講的吧？什麼時候輪到妳講了……」

「拜拜。」

美智香一說完就唐突地掛斷電話，緊接著耳邊便傳來玄關門「喀鏘」的開啟聲。

可惡的傢伙……竟然因為嫌麻煩就把家事全丟給我，自己跑去找朋友玩。

混帳！雖然我確實很閒，但這種對待方式太過分了吧，我的妹妹。

唉……不過那傢伙已經出門了，再抱怨下去也無濟於事。

我不甘不願地離開房間走到電話前面，按下保留鍵，將話筒放到耳邊。

「……我是被妹妹當苦力使喚的慶道涼，妳是古井同學吧？」

「你情緒還真低落呢。聽到這種聲音，連我的心情都會變差耶？」

當我正感到沮喪時，古井同學就隔著話筒向我這麼說道。

我早就猜到是誰打電話來了。反正一定是古井同學。應該說，不可能是古井同學以外的人。這種情況已經是慣例了。

「那麼，古井同學，請問您今天有何貴事？」

「為什麼要用敬語啊？」

「呃，就心血來潮……」

「是喔，算了。你今天沒有事情吧？沒、有、事、情、吧？」

古井同學特別加重了最後幾個字的語氣。

隔著電話也能感受到壓力。「你今天絕對沒有事情吧」的壓力，隔著話筒傳了過來。

媽呀，有股不祥的預感……畢竟古井同學通常都是有什麼事才會打電話過來啊。

「呃，很不好意思，我今天——」

「我就知道，你今天果然很閒吧。那有件事要麻煩你一下。」

「嗯，我話才說到一半而已耶？可以請妳不要在別人說話的時候突然插嘴嗎，古井同學？」

「怎麼，難道你今天真的有事嗎？」

她這麼一問，我就無言以對了……

老實說，我今天超閒的。因為找不到事情可以做，整個人閒得發慌。

我沒有補習，所以也不需要參加暑期輔導。雖然爸媽跟我說可以只參加暑期輔導就好，不用報名補習班，但我全部拒絕了。因為去年是考生，至少今年夏天不想再過著天天苦讀的生活了。

至於學校的作業，八月後半開始做應該能完成。

不去補習，連作業都往後拖延，而且還是回家社的我，暑假有行程的日子少得可憐。

然而——

我想要盡可能地把握住每一個整天沒事做、能夠耍廢的日子。

抱歉了，古井同學，雖然我不知道妳幹嘛打電話給我，但只要不是多重要的事情，我就會拒絕。

「嗯，算是吧……所以——」

「那今天傍晚六點集合喔，記好了。」

「剛才的對話是什麼時候決定好行程的？妳什麼都還沒告訴我吧？然後妳能不能別在我說話的時候插嘴啊？」

古井同學還是那樣我行我素，令我忍不住吐槽了。

難道古井同學身上有安裝一套系統，只要不利於自己的內容進入腦袋就會自動反彈回去嗎？

即使我想拒絕，她也會立刻無視，擅自決定行程……

「有什麼關係？我可是特地約你這個閒人一起吃飯耶？至少該心懷感恩地答應吧。」

「找我出去竟然是要吃晚餐啊……不過，幹嘛突然約我吃晚餐？」

「心血來潮啊。而且我想要直接欺負你。」

不是……妳好歹隱藏一下真心話吧，古井同學？

雖然我並沒有要她像傲嬌女主角一樣說：「我、我可不是想跟你一起吃飯才約你的喔！你不要誤會了！」

不過，真虧她有辦法如此直白地說出自己的欲望……

「妳以為憑這個理由我就會答應嗎？」

「咦咦？你不答應嗎？為什麼？發生什麼事了嗎？」

「妳能不能不要一副『明明平常都會開心地答應，今天是怎麼了？』的反應啊？我確實老是被妳欺負，但沒有墮落到那種地步啦！」

「好嚴重……這一定是戒斷症發作了，你趕快去醫院吧。」

「就算是放暑假之後就沒有被妳欺負過，我也不會因此出現戒斷症好嗎！」

「你回答得出自己住在哪個國家嗎？知道現在是令和幾年嗎？」

「那個……古井同學，耍人也要適可而止吧？我差不多要掛電話嘍？」

我這麼一說，古井同學就「呿」了一聲，將話題拉回來。

「不小心扯遠了，你今天傍晚六點可以出來吃個飯嗎？有家店我從之前就很感興趣，然後有些事情想在那裡跟你談談。」

「為什麼是我啊……妳可以約雛海和友里吧？」

「約她們也是可以，但你是全國男高中生裡數一數二的閒人吧？所以呢，我覺得約你比較好。再來是……」

「再來是？」

「我想跟你談一下雛海的跟蹤狂，所以今晚就邊吃飯邊談吧，怎麼樣？」

原來如此，雛海的跟蹤狂才是重點啊。

「唉……知道了，我會跟妳去的。」

「謝謝，太感激了，閒閒沒事做的慶道涼先生。」

「少囉嗦啦，古井同學妳這個笨～蛋。」

「這種謾罵還滿可愛的嘛。看在可愛的分上就原諒你吧。」

「那還真是謝謝喔。」

「不會。那麼，關於集合地點……」

在這之後，古井同學將集合地點告訴我。

於是，暑假的第一個行程就在剛才決定好了。

◇

「沒想到在約定時間的五分鐘前你就已經在等我了，真令人佩服，太了不起了。」

當我在約定地點滑手機時，穿著一身純白連身裙的古井同學不知何時就站在我面前。

以古井同學來說，這是很少見的打扮，跟她的形象不太一樣。那個重度虐待狂穿上這麼清新脫俗的服裝，跟平常有所反差，令人不由得覺得很新鮮。

「嗯，要是讓古井同學等我的話大概會被殺掉……所以就提早來了。」

「你很用心嘛。不錯，愈來愈像我的寵物了。」

「誰是寵物啊……」

「抱歉，我說錯了，你不是寵物。」

「沒錯，我不是寵物。」

「是僕人才對。」

「嗯，這個也不對。跟剛才比起來只是換了個說法，意思根本差不多吧？」

「說得也是。還有，提早五分鐘到是很值得嘉獎，但有一件事沒做好，你知道是什麼嗎？」

「咦？什麼？沒做好？」

聽到古井同學這麼說，我歪起頭。接著，古井同學忽然目光銳利地緊盯著我的臉，似乎正在控訴著什麼，但我一點頭緒也沒有。

為、為什麼突然將臉湊近盯著我看啊？

「看到女孩子穿便服先稱讚就對了，這是鐵則。雖然對初次見面的人劈頭就這麼說不太好，但以你和我的交情來說應該要稱讚。不這麼做的話，可是永遠都交不到女朋友的喔？」

竟然是指這種事啊！而且她意外地講得還滿中肯的耶！

女生穿便服的時候確實要稱讚一下比較好，畢竟對方應該也是特地打扮過的。

「好了，快稱讚吧。我要聽到『哇～那個古井大人竟然穿得這麼時尚又可愛來見面，身為僕人的我實在太高興了～』這類的話。」

「還滿可愛的嘛～（語調平板）」

我無視古井同學的要求，露出死魚眼語調平板地說完的瞬間，就感覺到一股刺痛從右腳的腳尖竄遍全身。這沒什麼好奇怪的。

因為古井同學氣得鼓起臉頰，狠狠地踩了一下我的右腳腳尖。

「好痛！古井同學，這樣犯規了吧！」

「啊？剛好有隻蟲啊。我只是看到你的腳尖上有蟲就幫忙踩了一下，你反而該感謝我才對。」

「這、這傢伙……！」

我拚命地忍著疼痛，瞪了瞪古井同學。

不過，古井同學一臉不悅地「哼！」了一聲，就這樣邁步而出，留我一人在原地。

「啊！古井同學等等我啦！」

我忍著痛，全力追上她的腳步。

◇

在約定地點會合後，我們走進一間西餐廳，開始享用晚餐。

我點了牛排，古井同學則點了義大利麵沙拉。

我們一邊吃著餐點，一邊聊天。

「就算有雛海那件事，古井同學妳會約我吃晚餐還真稀奇耶。」

「是啊，因為現在有活動。情侶一起來的話，結帳時可以打八折。我從之前就一直很想來吃吃看，想說這是好機會就約你來了。」

「真勢利耶……」

「哎呀，你好像很難過呢。難道你還抱著一點期待嗎？」

「怎麼可能啊？」

「『不該期待的』這幾個字都寫在你臉上了。」

「我才沒有期待咧。」

坦白說，「沒有期待」這句話或許是個謊言。我內心是有點興奮。實際上，看到古井同學穿著便服，而且還是連身裙的時候，心跳不由得加快了。

但現在交談過後，我立刻就知道她並不是因為對我有好感才約我。

她依然是那個在學校經常跟我聊天的古井同學，執拗地捉弄我，況且不知為何總是一臉看穿一切的表情。

真的就是一如既往的古井同學。我單純是來陪她吃飯的。

「不過，我跟你雖然從入學第一天就認識了，一起在外面吃飯倒是第一次呢。」

「經妳這麼一說，的確是這樣。單獨出來吃飯還是第一次。」

「果然會心跳加速吧？」

「我可以回去了嗎？」

「怎麼這樣～我開玩笑的啦。」

古井同學噗哧一笑，用叉子捲起義大利麵送入小巧的口中。

等她將口中的義大利麵嚼完吞進去後，我催促她談正事。

「所以，古井同學，妳並不是單純來享受美食的吧？雛海的事情有進展嗎？」

「對，有一點進展。」

「難道是放暑假之後發生什麼事了？」

「不是，還沒有發生任何事。只不過，我在社群上發現了奇怪的貼文。」

古井同學從口袋拿出手機，將某個畫面遞到我眼前。

「這不是X的貼文嗎？」

她遞來的是X的貼文截圖，就這樣滑了幾張截圖後保存起來的貼文內容給我看。

似乎全都是同一人的貼文。

帳號名稱是「無色透明」。完全不曉得這個名字的由來，也沒有上傳帳號頭像，連對方長什麼樣子都不知道。

我粗略地看了一下「無色透明」的貼文內容……

坦白說，我倒抽了一口氣。

「無色透明」　六月二十七日　上午三時十五分

哎！那個叫做草柳的混蛋，真是令人火大。竟敢對我的女人出手！

雛海是我的人！我會保護好她！

「無色透明」　六月二十八日　上午二時三分

哎！雛海真的好可愛喔～

這可是我的老婆耶。能遇見妳真是太開心了。好想找個機會跟妳見面……

糟糕，我真的很想見她，想要讓她只屬於我。

「無色透明」　七月八日　上午四時二十分

不知道什麼時候會有危險人物出現在雛海面前。

我必須在她身邊保護她才行……

反正我很閒，要找出她家的位置去當保鑣嗎？

不對，這樣不就是跟蹤狂了嗎？

但應該沒關係吧。

我們都已經是夫妻了。

這些就是大致的貼文內容。

還有其他幾篇貼文，但我看到這裡就放棄了……

這是怎樣？太噁心了吧。

對方雖然不是攻擊雛海的酸民，但從其他方面來說完全是個危險人物。

從這些貼文內容來看，他對雛海相當執著。已經超越粉絲的領域了。

「古井同學，這傢伙該不會就是……？」

「恐怕就是他。只是還沒有找到決定性的證據，沒辦法一口咬定是他。但可能性很高。我本來想說X可能會有什麼線索才在上面搜尋，結果就偶然發現這些貼文了。好在對方使用的是公開帳號，如果是不公開帳號的話，就查不到這個人了。」

「但是，為什麼這個叫做『無色透明』的人會對雛海這麼執著啊？如果只是喜歡倒沒關係，怎麼會演變成跟蹤行為呢？」

「應該是草柳在運動會的言行吧？」

「咦？那傢伙嗎？」

古井同學收起手機後，說出自己的猜測。

「這個叫做『無色透明』的人以往都是將雛海當作女神來看待。不會被任何人獨占，永遠都是自己的女神。但草柳在運動會充當冒牌英雄，打算獨占雛海。他感到不可饒恕的同時，也擔心那種男人會再度出現，深怕自己的女神會被搶走。」

「如果會被搶走就乾脆自己獨占，所以他才會做出這種事嗎？」

「對，恐怕是這樣。草柳的行徑似乎成為導火線，讓這個人動起了歪腦筋。」

要是本來就對雛海抱有強烈好感，當她的長相在全國播出以後，立刻就找機會接近也不奇怪。

但是，那起事件已經過去好一陣子。從他現在才突然展開行動來看，古井同學說得沒錯，應該跟運動會有關。

草柳那混蛋……真的是無端給人惹麻煩……！

「古井同學，找到嫌疑犯的X帳號後要怎麼做？妳應該有什麼策略吧？」

我一邊用餐刀切牛排，一邊看著古井同學的眼睛，她則露出了「我就在等你說這句話」的眼神。

古井同學不可能在毫無對策的情況下約我出來。

她的腦袋比我好那麼多，至少會有一個策略才對。

從入學跟她認識到現在，對她多多少少有一些了解。

「沒錯，當然有。只是不能保證一定抓得到對方，這一點你要記住。」

「了解！所以妳要用什麼計策抓到對方？」

我一問，古井同學就拿出不同於剛才的截圖給我看，接著說：

「下週六雛海要去買東西，但看來已經被對方掌握住了。你看這個。」

古井同學給我看的畫面上，顯示著這樣的貼文內容——

「無色透明」　七月二十五日　上午三時二十分

好，看來她下週六要出門，我悄悄跟在後面好了～

畢竟我得暗中保護她才行啊。

看完貼文內容，我不禁張口結舌。

這個跟蹤狂。雖然不知道原因，但他掌握到雛海下週六要出門的消息了……

怎、怎麼辦到的……？

「你臉上寫著『他是怎麼掌握到行程的？』這個疑問呢。」

「對，沒錯。為什麼這傢伙知道雛海的行程啊？」

「這個我也不曉得。雛海和我約好週六要一起去買東西，但消息不知道是怎麼傳出去的，明明就沒有告訴任何人。不過，這個跟蹤狂沒有察覺到我們的存在，所以你利用這次機會來跟蹤雛海吧。」

「要、要我偷偷跟在妳們兩個的後面嗎？」

「對，你來跟蹤我們，並且找出可疑人物。雛海還不知道這件事，要是知道的話，會對她造成不小的恐懼和壓力。所以你要神不知鬼不覺地跟在後面，一舉逮住跟蹤狂。這是只有你才辦得到的事情喔？」

「只有我才……辦得到。」

實在搞不懂消息是怎麼傳出去的。雛海不可能在社群上發文講這個，古井同學也一樣，到底為什麼會……

不清楚原因。不過，這確實是只有我才辦得到的事情。

下週六古井同學要和雛海去買東西。雖說有古井同學陪著雛海，但她畢竟也是個嬌小的女孩子。

如果跟蹤狂是個壯漢，再怎樣也保護不了雛海。

這是……只有身為男人的我才辦得到的事情。

「了解，包在我身上吧。我會跟在妳們後面的，所以妳要一直陪在雛海身邊。」

我說完，古井同學就露出開心的笑容。

接著，她就這樣將手放在我的頭上輕撫起來。

「我果然沒看走眼，就知道你會這麼說，謝謝你。」

「這、這沒什麼啦，雛海是重要的朋友啊，我是真的想要保護她。」

「是嗎？有你在真是太好了。」

古井同學輕撫著我的頭，最後說出了這句話：

「當天就麻煩你了，我的小狗狗。」

「喂，誰是狗啊？」

……這個人竟然是把我當成狗在摸頭啊！

這不就跟寵物遵守主人的命令，然後被摸頭嘉獎的時候一樣嗎！

「古、古井同學，妳是把我當成狗在摸頭吧？」

「嗯。」

「嗯？居然還秒答！」

到頭來，不管怎麼掙扎，我在古井同學眼中就是個僕人或寵物。

正當我有點沮喪之際，古井同學放下摸頭的手，拉起我的右耳——

「不過，即使雛海和周遭的人都不曉得，我還是有看到你的努力，所以放心吧，知道嗎？」

她如此輕聲地說道。

古井同學的吐息和低語讓我的身體猛地發燙起來。既害羞又慌亂，一句話都說不出來。

這、這個人……

把糖果和鞭子運用得非常完美啊！

第四話　電話

跟古井同學吃完晚餐後，直接解散回家了。
我躺在床上看著房裡的時鐘，現在已經晚上九點多了。
差不多該去洗澡，然後看個動畫睡覺吧。
我關掉音遊，抬起身體。
鈴鈴鈴！
這時，有人打給我的手機。我一看畫面，發現竟然是雛海。
咦，她怎麼會突然打電話過來……？
我對突如其來的電話感到很困惑，但心中立刻響起警鈴。
她應該不會沒事打給我。也就是說，這通電話可能有緊急性。
這麼一想……
她現在說不定遇到跟蹤狂襲擊了……！

所以才會打電話求救吧！

我馬上接起雛海的電話，劈頭就大喊：

「雛海！沒事吧！妳現在人在哪？」

「咦、咦咦？怎、怎麼了？小涼！」

……奇怪？

接起電話後，雛海的聲音聽起來極其正常。雖說被我的大喊給嚇到了，但感覺上沒有任何異狀。

電話那頭是一如往常的雛海。

「雛海……妳不是遇到危險才打電話給我的嗎……？」

「沒、沒有啦！不是那樣！」

「咦？不是嗎？因為妳這麼晚打過來，我下意識就以為是求救電話……」

「不是，我只是有點事想跟你說。」

「跟我說？」

「嗯，你現在有空嗎？」

「很有空啊。」

「謝謝你，小涼。」

雛海再次道謝後，直接切入主題。

「小涼，我剛才從古古那邊聽說了，你和古古一起去吃晚餐了吧？」

喂喂，她竟然已經告訴雛海了啊。但我想她應該沒有提到跟蹤狂，只說了我們去吃飯的事情而已。

依照那個人的個性，八成是跟雛海說：「我今天和僕人去吃飯了。」

「對、對啊，古井同學難得約我。有間店她好像從之前就一直想去，就用了情侶優惠在那邊用餐。但我們實際上也沒在交往就是了……」

我們剛才吃飯的那間店正在舉辦「情侶優惠」的活動。只要情侶來店用餐，就可以享有一點折扣。古井同學就是為了這個才約我的。

那個勢利的傢伙……

「古井同學很愛使喚我啊。突然就約我出去，還不停捉弄我。」

「嘻嘻，就是說呀。不過，這證明你很討她喜歡喔。畢竟古古她只會捉弄自己中意的人嘛。」

「或許是這樣沒錯啦……但我希望她能稍微手下留情一些……」

「那我下次跟她說說看好了。就說小涼都在背地裡偷罵古古，請她以後對小涼溫柔一點。」

「喂，不要啦！要是妳這麼說，我的高中生活就完蛋了！」

「開玩笑的啦，小涼。我也忍不住捉弄起你了……」

「這好像還是妳第一次捉弄我吧。」

「對呀，雖然從入學第一天就說上話了，今天卻是第一次呢……其實我最近有些煩惱，但很不可思議的是，只要跟小涼說說話，心情就平靜下來了，覺得好安心。所以我才會打電話給你。」

「煩惱……」

錯不了的，一定是跟蹤狂的事情。

然而，雛海不想讓其他人擔心，只有找古井同學商量過。

因為經歷過地鐵那樁事件，古井同學信任我才將事情告訴我，但雛海對此毫不知情。

雛海完全不知道我正在暗中準備擊退跟蹤狂。

「煩惱嗎？每個人多少都會有吧。而且有些煩惱也沒辦法告訴別人。要是妳感到擔心或不安，隨時都可以說給我聽。」

「小涼……謝謝你，我受到了很大的鼓勵！」

「是嗎？那真是太好了。那我差不多要洗澡了，倘若妳又感到煩惱的話，隨時打給我。」

「嗯，謝謝你，小涼！啊！等一下！」

「嗯？怎麼了？」

我打算掛斷電話時，聽到雛海叫住我的聲音。接著，她似乎有些害羞地說：

「我、我問你喔，小涼，那、那個……」

「妳、妳說。」

「就算沒事也可以每天打電話給你嗎……？」

「…………咦？」

聽到雛海這句話，我的腦袋一時反應不過來。

咦，這是什麼意思？我可以理解為她就是在問能不能每天講電話吧？

我反覆思索雛海的話語一會兒，終於明白過來了。

「難道妳是想問能不能每天講電話嗎？」

我問道。

「唔、唔咿……」

手機傳出了可愛的聲音，細如蚊蚋，帶著些許羞澀。

也就是說，雛海想表達的意思……就是能不能每天講電話。

「你、你果然不想吧！每天都要跟我這種人講電話太麻煩了嘛！真、真的很抱歉。我到底在亂說什麼呀……那、那我掛電話嘍！謝謝你陪我聊天！」

「等等，雛海！」

我這麼一說，雛海便沒有掛掉電話，等我把話講完。

「我、我不介意啊，每天講電話也沒關係……」

因為很難為情，我的臉龐一口氣滾燙起來。

不同於夏天的暑氣，體溫由內而外慢慢地上升。

「真、真的嗎……？不會覺得困擾嗎……？」

「嗯，一點也不困擾啊，我很樂意。」

畢竟現在被跟蹤狂盯上了，雛海的心情應該很難保持平靜。

搞不好現在這個當下也正看著她。想到這裡，即使晚上家人都在，依然會感到不安。

所以，她一定是想要在睡前找人說說話，藉此趕走恐懼吧。

「要聊多久我都奉陪喔，妳不用跟我客氣。」

「真的？謝謝你！那、那明天也可以打給你嗎？」

雛海的聲音直到剛才都還在顫抖，但聽我說完後，語調就一口氣開朗了起來。

「當然啦！跟今天同一時間的話，我完全沒問題。」

「嗯，我知道了。謝謝你喔，小涼。」

「好，那明天見。」

「晚安，小涼。」

「晚安，雛海。」

我們對彼此道別後，便掛斷電話。

好，該去洗澡了。我將手機放在床上，走向浴室。

不過，從明天開始要天天跟雛海講電話啊……

該怎麼說呢，這不是令人超開心的嗎……？

對方可是那個「千年一遇的美少女」。任何人都想跟這樣的超級美少女聊天，我竟然可以每晚跟她講電話。

這……要是這個事實被社會大眾知道，不管有沒有跟蹤狂，連我都會被盯上吧？

沖澡時，我持續思考著這種事情。

於是，我從古井同學那邊得知對策，並且跟雛海約好每天講電話。

雛海當然不是因為喜歡我才要跟我講電話。

她一定是單純覺得晚上很不安，無所事事的我正好是不錯的聊天對象才來拜託的。

光是她喜歡我這種事就絕對不可能發生。要是擅自妄想而產生誤會的話，日後吃苦頭的是我自己。

在下個週六來臨前，我和雛海依照約定，每天晚上都有講電話。

我們會聊暑假的行程、今天的晚餐或蜜柑的事情等。

坦白說，聊天內容非常普通，就是在閒話家常而已。

我本來覺得自己不配當她的聊天對象，但不可思議的是，聽到雛海不時發出的笑聲後，這種想法就蕩然無存了。

她很常笑，會主動拋出許多話題，也很認真聽我說話。

有時候連我都會聊得太起勁，結果不小心就聊太久。

每天通話下來，我不知不覺開始期待跟雛海講電話的時間。

第五話 策略

時間流逝，終於來到實行策略的當天。

依照古井同學的策略，由我們引出跟蹤狂，然後逮住他。

古井同學會陪在雛海身邊保護她，我則悄悄地跟在她們後面，確認跟蹤狂有沒有出現。

只要這個策略執行得很順利，就能抓到那個該死的跟蹤狂。

我在房間照著全身鏡，戴上帽子後檢查服裝。

下半身是黑色薄長褲，上半身是白色T恤。帽子拉得很低，盡可能遮住眼睛。

從旁人角度來看，雖然看不清楚長相，但穿著應該沒有很奇怪。

在周遭人眼中，大概就是一個獨自來買東西的男人吧。

這樣就沒問題了。我拿起手機和錢包離開房間。接著，我將「準備ＯＫ，我現在過去」這條訊息傳給古井同學後，走出了家門。

「哇～古古，妳看妳看！不覺得這件衣服超可愛的嗎？啊，那邊也有很時尚的衣服耶！」

「就是說啊，不過妳稍微冷靜一點。真是的……不要拉我的手啦。」

雛海無視古井同學的提醒，拉著她的手在店內四處走來走去。

◇

我出門後，已經過了將近一小時。

因為不知道跟蹤狂會在何時何地盯著我們，我們便沒有隨便會合，而是分頭行動。

古井同學和雛海在離購物中心最近的車站會合，就這樣走到購物中心，我則靜靜地跟隨著她們的腳步。

現在我坐在購物中心裡的長椅上，一邊假裝滑手機，一邊適時關注著那兩人。這張長椅勉勉強強聽得到她們的聲音，對話內容都有傳到我耳中。

目前沒發現可疑的人影。

頂多就擦身而過的人們會竊竊私語：「欸，那個美少女太正了吧？」不過，對於沒有看習慣雛海和古井同學的人來說，兩個那麼漂亮的美少女走在一起當然很引人注目。

儘管有點在意周遭的視線，兩人還是很正常地在買東西。

「哇～！古古妳看！這件衣服也超可愛的！好猶豫喔～」

雛海盯著手上的兩件衣服看，確認哪一件更適合自己。

看著雙眼綻放光采的雛海，我便想起之前的事情。

被古井同學硬逼去約會的那天，雛海也是興高采烈地挑選著可愛的衣服吧。

雛海有少根筋又有點迷糊的一面。

但她看起來很開心，而且身邊有古井同學陪著應該不要緊。

「雛海妳穿什麼都很好看，選哪件不是都可以嗎？」

「妳看仔細一點啦～古古！」

「是是是。不過雛海，差不多該買『那個』了吧……？」

「啊，說得也是！該試穿看看了！」

……咦，奇怪？她們是在說什麼？

雖然不清楚古井同學說的『那個』是什麼，但就不管了。

上次約會時，我就已經習慣了雛海的時裝秀。

雛海的時裝秀確實殺傷力很強。畢竟被稱為「千年一遇的美少女」，基本上穿任何衣服都很適合。

然而，如果穿上特別適合她的衣服會怎麼樣呢？老實說，理智會瀕臨崩潰。具備著正面意義上的超猛殺傷力。

不過，這次要反過來利用這一點，要是出現異常纏人的可疑男人，那就極有可能是跟蹤狂。

「那古古，妳等我一下喔！」

「知道了，動作快。」

雛海說完便拿著幾件衣服走進試衣間。雖然我定睛細看了一下，但還是隔了一小段距離，沒辦法看得很清楚。

她究竟要穿什麼衣服呢……

在等待雛海出來的時候，我再次打量了店內和周遭人們。

確實有些人因為雛海很可愛而目光緊跟著她，不過每個人外表都很正常，也沒有做出可疑的舉動。

雖說不該憑外表來判斷，但那些人都是大學生或跟我年齡相近的學生，坦白說沒有一個像是會發那種貼文的跟蹤狂。每個男生都陽光到不行。

應該可以排除在警戒對象之外。除了那些人，沒什麼異狀……的樣子。

當我在戒備著周遭之際——

「那古古，我打開嘍～」

雛海的雀躍嗓音傳入我耳中。我只是基於好奇才看看她穿了什麼衣服……

但我後悔了。

說得再精確一點，我並不是後悔看到雛海穿什麼，而是對於自己輕忽大意感到極為後悔。

「古古！怎麼樣？適合我嗎？」

一邊這麼說，一邊現身的雛海……

正穿著泳裝。

啊啊啊啊！我的眼睛啊啊啊啊啊啊！

只不過是穿了泳裝，為什麼看起來會那麼神聖啊？

雛海那可愛的模樣及日常生活中看不見的部位——肚臍、腋下和大腿等，差點擊垮我的理智。

我閉上眼不去直視，這才勉強撐住，那實在是集殺傷力於一身。

即使閉著眼睛，也可以感覺到雛海那邊傳來眩目的光芒……！

而且有這種反應的，似乎不是只有我而已。

雛海踏出試衣間的瞬間，連店內的女店員都不自覺地落下摺好的衣服，直勾勾地看著她。

那是很直接地凸顯出渾圓胸部的圓點泳裝。除此之外，下裝也是很挑戰尺度的大膽設計，感覺再錯開一點就看得見。

雛海絕對不是刻意的，但她是個少根筋的人。

她一點也不知道現在這副打扮有多吸引男人們。

哎，少根筋真是可怕……「那個」原來是指泳裝啊。

現在是暑假，來挑選泳裝也很正常。

雛海在試衣間小跳步地轉了一圈。她應該是在確認方不方便活動，但從我的角度來看，激烈地上下起伏的胸部讓我不知道該往哪看……

「這不是很好看嗎？我覺得很適合。」

「真的？太好了～！那我就買這件吧！好期待去泳池喔！」

「對啊，不過妳穿什麼都很適合，真令人羨慕。」

「沒有這種事啦～！古古妳也很可愛呀！小小隻的，長得像娃娃一樣漂亮，我才羨慕妳呢！」

「可是，身體發育輸給妳了……哈哈……」

古井同學看著眼前雛海的胸部，空虛地喃喃說道。

古井同學確實也非常可愛，但身材嬌小，胸部坦白說也……所以我覺得雛海和古井同學適合的類型不一樣。

有成熟女人味的漂亮型與發揮嬌小優點的可愛型，兩者不能相提並論。

「那泳裝就決定買這件了，妳還有其他想買的嗎？」

「沒了！我在這間店只想買這個而已！不用再看了！」

「這樣啊，那妳換好衣服後，我們去別間店逛逛吧。」

「嗯！」

好，聽她們的對話，似乎要去別間店的樣子。

下一間要去的店是哪裡來著？

我翻了翻跟古井同學的對話紀錄，確認下一間要去的店。為了保險起見，我有事先詢問古井同學今天的行程安排。最壞的情況下，就算走散也能立刻找到她們。

我瞧瞧，她們接下來要去另一間服飾店吧。

女生真的很喜歡衣服耶～在下一間店會買什麼呢……

「那古古，我去換衣服，妳等一下喔！」

「知道了，要儘快喔。」

「當然！啊！對了。」

「嗯？怎麼了？」

雛海即將關上試衣間的門之際，似乎是突然想起什麼，動作戛然而止。

她緊盯著古井同學的臉龐一會兒，語出驚人地說：

「古古也挑件泳裝吧！」

聽到這句話，古井同學罕見地愣在原地……

接著，她臉上失去一切情緒，像人偶一樣面無表情。看來是突如其來的發展令她心中一慌，腦袋轉不過來。真是稀奇……

從那張表情來判斷，應該是知道我正在看而感到不知所措吧？

「……咦？不，我就不用了。好了，妳快點換衣服。」

「可是古古，妳有一段時間沒買泳裝了吧？今天就買件新的嘛！絕對有可愛的泳裝啦！」

雛海！這句話可是會被當作「因為有一段時間都沒發育，所以沒買泳裝」的意思喔？

不妙。雛海那少根筋的個性讓古井同學的臉龐逐漸漲紅。

平常絲毫不見任何動搖，不如說以欺負人為樂的那個人居然……

連耳根子都紅透了耶！

雛海，妳果然很厲害啊。正因為少根筋才辦得到這種事。

「別說了！我的下次再買！」

「不～行！反正還有時間，現在就買嘛！好不好？」

穿著泳裝的雛海可愛地歪起頭，觀察古井同學的反應。也許是敗給了雛海的少根筋及可愛模樣——

「我、我知道了啦……笨蛋。」

古井同學害羞地用發顫的聲音答應了。

「太好了～！那我立刻去換衣服，等我喔！」

雛海這次真的關上了試衣間的門。

在旁人眼中，看起來就是時下女高中生在挑選泳裝。因此，跟蹤狂應該不會覺得自己正受到警戒，這一點倒是不錯。

然而，坦白說我很傷腦筋……

因為我必須監視她們，這下是要往哪看啊？

不過，目前還沒有發現可疑人物，對雛海來說，買買東西也是喘口氣的好機會吧。

我現在就做好自己的工作，將雛海的心情擺在第一優先吧。

等了一下子後，雛海換好衣服，從試衣間走出來。

她就這樣牽住古井同學的手，開始在店內的泳裝區逛來逛去。

「古古！這件泳裝絕對很適合妳！試穿看看吧！啊，還有這件也是！」

「不，那種不適合我啦，雛海。啊，這件也非得試穿不可嗎？」

「嗯！這也是為了下次旅行做準備呀！」

「可、可是……！」

「放心！古古穿起來絕對很好看！」

雛海的眼眸閃閃發光，彷彿夜空中的星星。古井同學敵不過她的熱情及那雙燦亮的眼神，深深地嘆了一口氣。

「唉……我知道了。那我去試穿了，妳一定要在這裡等我，絕對不可以單獨行動喔。」

「好！妳放心啦！」

古井同學從雛海手上接過泳裝後，便走進了試衣間。

緊接著，我的手機就有人打過來了。不用看也知道對方是古井同學。

「喂？是我。」

「是我。情況如何？目前有發現可疑的男人嗎……？」

「沒耶，沒什麼值得一提的，硬要說的話。就是妳們兩個人走在一起引起了很多男生注目吧。」

「是嗎？這樣倒沒關係，但還是不能放鬆戒備喔。畢竟不曉得跟蹤狂什麼時候會現身，要是有人做出一丁點可疑的舉動，你就要立刻打給我。」

「我知道啦，不用擔心。」

「好。啊，還有一件事。」

「嗯？怎麼了？」

「我從試衣間出來後，你一定要移開視線。」

「……………咦？知、知道了。」

「這是命令。你敢看的話……知道後果吧？」

啊，這是會遭到社會性抹殺的意思。絕對不能看。一旦觸及古井同學的逆鱗，我就會再也沒辦法在這個世界活下去。

這種時候最好乖乖照做吧……

可是，真令人好奇……即使知道不行，我還是很好奇！

抱歉了，古井同學。人類這種生物，愈說不要看，反而會愈想看。

「知道了，我不會看的。」

「約好嘍。沒遵守約定的話，你給我走著瞧。」

雖然我嘴上答應，但因為很好奇古井同學穿什麼泳裝，所以這個約定……我是不會遵守的！

掛掉電話，我將視線移回雛海她們那邊。

好，古井同學從試衣間出來後，究竟會是什麼模樣呢……

「那我要打開嘍，雛海。」

「嗯！」

雛海回道。

下一刻，只見古井同學穿著下裝是裙子的泳裝，一臉害羞地從試衣間走出來。

平時總是冷靜又散發沉穩氛圍的那個古井同學，竟然穿著那種泳裝……

跟平常的模樣形成反差，讓人覺得非常新鮮，而且她的身材以高中生來說算很嬌小，所以裙子更加凸顯出了蘿莉的感覺……！

如果說雛海具備成熟女性的魅力，古井同學就是具備哥德蘿莉那種魅力……

有對到胃口的人會很喜歡她這樣穿吧。

「哇啊啊啊～！古古超級可愛的！嗯！很適合很適合！」

「不要叫得那麼大聲啦，很丟臉耶。」

古井同學忸忸怩怩地垂下頭。

我忍不住盯著臉龐泛紅的古井同學看，她大概是察覺到我的視線，突然抬起頭，直勾勾地往我看過來。

那充滿害羞與屈辱的眼神狠狠地瞪著我。

……………

啊，慘了。

被、被發現了啊啊啊啊！

她明明叫我不要看，結果我不只看了，還被她逮個正著啊啊啊啊啊！

冷汗從毛孔如瀑布般直流而下。古井同學用泛著水光的眼眸瞪了我幾秒。

「我晚點會收拾你……絕對不會放過你。」

她用唇語這麼告訴我。

啊……這下完蛋了……我闖禍了。

我應該活不到明天吧……

不過仔細想想，這樣反而是賺到了，不是嗎？

畢竟能夠看見那個「千年一遇的美少女」雛海穿泳裝的可愛模樣，甚至還有幸一睹古井同學穿泳裝的模樣。

就算被處理掉也值了吧……

不不不，我在想什麼啊？

在古井同學的恐怖反擊下，我的未來大概是一片黑暗。

好奇心有時會引火自焚啊……

在這之後，她們在前往其他店之前也試穿了幾件日常服，享受著購物的樂趣。

我則遠遠地關注著她們的一舉一動。

「……咦？在那邊的該不會是涼吧……？」

這時，背後冷不防地傳來搭話聲。這個聲音還真是耳熟……

我緩緩地轉過身，看到的是……

「咦？友里？」

穿著可愛便服的友里正站在我後面。

為、為什麼友里會在這裡？而且還是在這種時候！

第六話 偶然的相遇

「是涼耶！好久不見～！放暑假之後還是第一次見到你呢！而且竟然會在這裡巧遇！」

「呃，嗨，友里，好久不見。」

「好久不見！耶嘿嘿。」

友里笑咪咪地走到我旁邊後，抓著衣領開始搧風。

看她的臉頰流了幾滴汗水，應該是剛剛才來到這間購物中心。雖然裡面冷氣吹得很涼，但她可能是在大熱天下走過來的，現在還在流汗。

友里每次抓起衣領搧風都會飄來一股甜甜的香水味，刺激著我的鼻腔。

「哎呀～外面超熱的～真是受不了～幸好這裡冷氣很強，舒爽多了～」

「氣象預報說今天氣溫高達三十八度，確實是滿熱的。」

「就是說呀！熱成這樣真的很不正常。全球暖化再持續下去的話，感覺地球會像冰淇淋一樣融化掉耶。」

「明年夏天搞不好會比現在還要熱，想想就覺得鬱悶。」

「我懂～真希望溫度能再舒適一點～對了，涼。」

「嗯？怎麼了？」

「……你現在一個人在幹嘛啊？」

聽到友里的問話，我一時想不到該怎麼回。

友里並不知道我們的情況——雛海被跟蹤的事情。畢竟還不確定真的有跟蹤狂，也要顧及雛海的意願，所以就沒有告訴友里。

這下反而尷尬了……

怎麼辦？現在說出來比較好嗎？

但友里是私底下來這裡的，這種時候突然說起沉重的話題也不好……而且古井同學有交代過不能說出去。

這、這時候就先糊弄過去吧……自作主張亂講話感覺會出事。

「沒、沒啦～就自己來買東西啊。雖然有想要的東西，但沒有買到……啊哈哈哈哈～」

拜、拜託了，讓我糊弄過去吧！

友里半瞇著眼，無比狐疑地盯著我看。經過短暫的沉默後——

「什麼嘛～！原來是這樣啊！我還以為你鐵定是在等約會對象呢！」

太好了……她完全沒起疑，好像沒發現我在糊弄她。

不過，她為什麼會以為我是來約會的啊……？

我又不是那種很受女生歡迎的帥哥。向友里提出這個疑問後，她就這麼回答：

「不是啦～！因為呀！放暑假的時候一個人坐在這種地方的長椅上，我就想說你可能是在等誰吧～也就是所謂的夏日戀愛啊，涼同學！」

「這種事絕對不會發生在我身上啦……！我一點也不受歡迎啊。反倒是妳，該不會正在等約會對象吧？」

站在我身旁的友里非常可愛，身材也很好。

尤其是她現在穿著露肚臍的上衣，露骨地凸顯出好身材與豐滿上圍，而且也很性感……

坦白說，看到現在的友里，每個男人大概都會忍不住深受吸引。實際上，我也看入迷了。

再說友里社交能力超強，不管對方是男是女，是陰沉型還是陽光型，跟誰都能成為好朋友。

有一兩個男生對她抱有好感也很正常。

如果有男生想趁暑假期間避開其他人的目光與她拉近距離，也沒什麼好奇怪的。

雖然我是這麼想的，但友里搖了搖頭，否定了這個可能性。

「不是，我完全沒有跟誰約會的安排喔。哎呀～都變成男女合校了，卻沒人跟我約會呢～」

「那妳單純是來買東西的嗎？」

「嗯！我有想要買的東西，所以就一個人來了。反正很快就買完了，一個人來也無所謂。」

所以她只是跟我們行程重疊而已。不過這還真是驚人的巧合。

「欸，涼。」

「嗯？怎麼了？」

「我、我問你喔……」

友里的臉頰突然染上紅暈，忸忸怩怩了起來。

她看起來似乎很害羞。咦，難道我的褲子拉鍊現在是敞開的嗎？

不，我出門前有檢查過了，而且穿著應該也沒有很丟臉。

當我正在重新檢查自己的服裝儀容時，友里這麼說道：

「不介意的話，能不能陪我去買東西……？」

「…………咦？我嗎？」

我忍不住反問回去，甚至還隔不到一秒。

喂，這下子……

難道得陪友里去買東西了嗎？不，換個角度看，就是男女單獨去買東西。這根本是約會的邀請吧！不不不不！等等！冷靜一點！高興歸高興，我現在必須保護雛海她們才行啊！

「哎、哎呀～但我這種人……」

我試圖委婉地拒絕，友里卻毫不退縮。

「拜託嘛！既然都放暑假了，我想久違地跟涼一起玩呀！你現在好像也沒事……」

「可、可是……」

「拜託啦……好不好？」

友里露出無辜的眼神，靜靜地注視著我。被人用那張表情注視，就算想拒絕也拒絕不了啊！

「呃，這個……」

「可以嗎？那我們走吧！」

「咦？啊！等一下！」

最後，友里緊緊牽住我的手奔跑起來，逐漸遠離雛海她們所在的服飾店。

第七話

又是泳裝秀

不知該說是巧合還是神明的惡作劇，當我在默默守護著雛海她們的時候，意外遇見了友里。

我的工作是找出跟蹤狂。明明是如此……

卻因為遇到友里，不得不跟雛海她們分開。

可惡……怎麼會發生這種麻煩啊……

我並不是討厭友里，反而還覺得她是最棒的朋友。

但不該是現在！

可以跟這樣的美少女一起去買東西，這只能用幸運來形容，但絕對不是現在！

時機太不湊巧了！

然而，像我這種沒異性緣的人實在沒辦法拒絕這個邀請。友里臉頰浮現淡淡的紅暈，抬起眼眸凝視著我，還輕輕地握住我的手。我畢竟也是男人啊。

對方用這麼可愛的方式邀請我，我當然會心生動搖……

不過，潑出去的水也收不回來了。友里沒有錯，一切都是我的責任。

找個適當的時機離開友里，儘快去找古井同學她們吧。

我知道她們今天一整天的行程。既然如此，只要配合她們的行動，想辦法巧妙地脫身就行了。

雛海，真的很抱歉！

「哎呀～真的好巧喔～本來還覺得一個人買東西有點孤單，能遇到涼簡直太幸運了呢！」

友里開心地走在我旁邊，前往目的地。我們離雛海她們所在的店家愈來愈遠，朝其他服飾店前進。

陪友里在這裡買完東西後，立刻去找雛海她們吧。

「友里，妳要在那間服飾店買什麼衣服啊？」

我一問，友里就露出奸詐的笑容。

「哦～你有興趣？是不是很好奇呀？」

「咦？當然會好奇啊。」

「那我只給你提示喔。」

「提示？」

我反問後，友里就俏皮地眨起一邊眼睛，然後在我耳邊輕聲說：

「是全～天下男生都喜歡的衣服喔？」

友里的甜美嗓音讓我全身震顫了一下，心跳也在同時間一口氣加速。

我的身體對她的香水味與低語聲產生了過度反應。

這種像是小惡魔的態度是怎樣啊！會害我胡思亂想耶！

不過，男生喜歡的衣服嗎……喜歡的衣服是什麼？

儘管我是男生，卻一點頭緒都沒有。現在是夏天，所以是輕薄的衣服嗎？

比如說布料很薄的純白連身裙？不過，這會是男生都喜歡的衣服嗎？

雖然我覺得很可愛，但好像不太對。

看著在旁邊奸笑的友里，總覺得……她很清楚男生的弱點才會這麼說。

「光憑這個提示真的猜不到啦。」

「我沒辦法給你更多提示耶～啊，但可能不是你想像中的那種衣服喔。」

「咦？是嗎？」

「嗯！應該說是只有這個季節才能穿的衣服吧？」

「什、什麼啊……？我完全猜不到！」

「哎呀～你實在很遲鈍耶～算了，想知道的話，就去店裡的試衣間等著吧！嘻嘻，你絕對會喜歡的。」

「竟然講得這麼有把握，我反而好奇起來了，現在就想知道答案。」

「不～行！耶嘿嘿。」

在這之後我也邊走邊想，但還是想不出來。

友里到底要買什麼衣服？

◇

幾分鐘後，我們抵達了友里說想去的那間服飾店。

正要直接走進去時，友里抓住我的袖子讓我停下來。

「咦？不進去嗎？」

「當然要進去啊。不過呢，我要給你一點驚喜，想看看你驚訝的表情，所以你能不能閉上眼睛呢～」

「咦，要閉著眼睛走到試衣間才行嗎？」

「別擔心！我已經挑好衣服了，走到試衣間也不會花太多時間啦！馬上就結束了！好不好？」

「知、知道了，那我閉上眼睛嘍。」

我按照友里的要求緩緩閉上眼睛，她便緊緊牽住我的右手。

「那我們走吧！你絕對不可以張開眼睛喔！」

友里對我說完這句話後，開始在店裡走動。我完全不曉得自己人在哪裡、走在哪一區裡面。

在店裡快步走了一陣子便聽到友里說：「哦，找到我要的衣服了！」於是我們停下腳步。

「果然很可愛耶～夏天穿這個太棒了！」

友里興奮地說完，我們繼續走了起來。抵達目的地後，她喊了我一聲。

「涼～可以張開眼睛嘍～」

我緩緩睜開眼，只見試衣間的門簾拉開一部分，友里探出一顆頭注視著我。

門簾的縫隙很小，完全看不到友里挑了什麼衣服，但看到她的表情，就知道她現在相當興奮，心情很愉快。

「友里，妳找到想要的衣服了嗎？試穿好就給我看。」

「當然嘍！應該很適合我！我現在就換衣服，你等一下喔！」

「了解。」

友里將門簾整個拉起來，哼著歌開始換衣服。

好，友里正在換衣服，這是絕佳的機會。

我從口袋裡拿出手機，直接聯絡古井同學的ＬＩＮＥ。

「抱歉，古井同學。發生了一點意外，我跟妳們走散了……」

訊息傳出後，立刻變成已讀，並收到了回覆。

「怎麼了？什麼意外？該不會是跟蹤狂出現了吧？」

「不……完全不是那回事。」

「那是怎樣？」

「我跟妳說……我碰巧遇見友里，就這樣跟她一起行動了。我們正在二樓的服飾店裡。」

「……啥？」

我就知道！她果然會出現這種反應。

古井同學這時候肯定緊皺著眉間，整張臉的血管都浮現出來。絕對處於暴怒的狀態。

「不是，我本來想拒絕，但拗不過友里，直接被拉走了……對不起。」

「唉……算了，反正我早就預料到會遇到什麼麻煩。你要找時機回到我們這裡，知道嗎？」

『知道了，真的很抱歉。目前都沒事吧？』

『毫無異狀，環視周遭也沒有什麼可疑人物。』

『太好了，我會儘快去找妳們的。』

『好，那就先這樣。』

和古井同學的對話到此為止，我將手機收回口袋裡。

雖然是我害事情變成這樣的，但不能再後悔下去了。要是草率了事對友里很失禮，現在必須好好陪友里買東西，並儘快趕去雛海她們那邊。

正當我如此心想之際，試衣間傳出了友里雀躍的聲音。

「涼～我換好了，要打開嘍～」

「好，完全沒問題。」

我回答完，友里就緩緩拉開門簾，出現在我面前。

這一瞬間——

眼前的人太過可愛及性感，讓我的身體不由得定在了原地。

我還以為友里試穿的是夏季連身裙或稍微裸露一點的衣服。

但實際上並非如此。

她現在穿的衣服跟我的想像大相徑庭。

女性在夏天穿的衣服，而且對男人有誘惑力。

它的真面目就是……泳裝。

繼雛海她們之後，友里似乎也因為想買泳裝而來到這裡，然後在我面前穿上了她挑中的泳裝。

上下都是粉紅色的綁帶比基尼，乍看之下很可愛。然而，布料面積非常小。跟雛海她們剛才穿的泳裝比起來，布料面積小很多。

也就是說，裸露度很高，散發出成熟性感的風情，在海邊擦身而過時會忍不住多看兩眼。

「怎麼樣？適合嗎？這件尺寸偏小，還可以嗎？」

還可以嗎？不是這個問題吧！不行！我沒辦法直視！

要是看太久，感覺自己會變得很不對勁。

雛海是發揮好身材和舉止端莊的優點，強調成熟女性的魅力。

古井同學的蘿莉系泳裝襯托出了嬌小稚嫩的外貌。至於友里在班上女生中屬於高個子，胸部也很有料，身材出眾。她是運用這個優勢選擇了性感路線的泳裝。

這真是不得了。感情融洽的三個女生，穿著的泳裝風格都不一樣……
沒想到友里這麼敢穿，我有點驚訝。
「還滿不錯的吧……？就、就算偏小件……」
我直視不了，眼神飄忽不定地勉強答道。
然而，我左右游移的眼神讓友里感到不對勁，繼續追問：
「涼～你有認真看嗎？嗯～？」
友里走出試衣間，逼近到我面前。身體只要一動，胸部就會像布丁一樣上下晃動。
我在近距離下看著這幕情景，差點驚慌失措起來，牙一咬才勉強保持理智。
「真、真的很適合妳啊！超可愛的！」
「你說的是實話嗎？涼同學！」
「對、對啊！我覺得很好看。」
「原來如此～那你確切地講出喜歡哪個部分吧？」
友里簡直像是在享受我的反應，拋出一個很難回答的問題。
可惡，我又不可能老實回答「色到讓人差點失去理智」。
「這、這個嘛……友里的身高在女生之中算是很高吧？身材也很好，這件泳裝有襯托出這一點，我覺得很有魅力。」

我迫不得已地說出這番話後，友里的臉龐「噗咻——！」地傳出燒水壺裡的水煮沸的聲音。

明明剛才還拚命捉弄我，結果我直白地稱讚她後，自己反倒慌亂了起來。

不妙，未免太可愛了吧！

不知不覺間，友里不只是臉龐，全身上下都通紅不已。

「謝、謝謝你……涼。」

「不用謝啦，反而該問妳穿給我看沒問題嗎？這看起來是決勝泳裝耶。」

在我看來，友里現在穿的泳裝感覺不是要跟好姊妹一起去海邊或泳池，比較像是為了攻陷心儀的異性才穿的決勝泳裝。

這種裸露度高、尺度頗為大膽的泳裝，坦白說不太可能會在跟女生出去的時候穿。

「可、可以這麼說吧～如果是涼的話就沒關係喔～」

「這、這樣啊，我很高興妳這麼說。所以妳暑假要去海邊嗎？」

「祕密～我才不告訴你呢～！」

「喂，為什麼不告訴我啊……」

「不要刺探女孩子的祕密！總之，就決定買這件泳裝吧！畢竟涼說很適合我嘛！謝謝你喔，涼！」

友里最後露出燦笑，就這樣拉起試衣間的門簾。

沒想到會在一天之內看到三個人的泳裝……

不過，三個人在同一時間點買泳裝，是近期內有去海邊或泳池的計畫嗎？

跟她們比起來，我完全沒有任何行程。儘管身為學生，暑假期間的私生活卻頹廢到不行。一整天不是在打遊戲就是在看動畫。

根本就是個家裡蹲嘛……

妹妹也跟我說：「哥，你怎麼一直在家啊？很噁心耶。」好羨慕友里和雛海她們啊……

◇

友里從試衣間出來後，說她還想再多試幾件，所以我決定再陪她逛一下。

一開始穿的泳裝列為第一選擇，又另外試穿了三件可愛的泳裝。

從我的角度來看，全部都很適合她，但友里遲遲無法做決定，在我旁邊一直露出苦惱的表情。

到頭來，她還是決定購買一開始穿的泳裝。買完東西後，我們離開了服飾店。

「哎呀～涼，真的很謝謝你！還特地陪我買東西！」

「不用謝啦，我又不介意，而且也滿有意思的。」

陪一個身材好、全年級數一數二漂亮的美少女挑選泳裝，沒有多少男生會覺得討厭。

「涼你暑假是不是沒有任何行程？」

「嗯，以前倒是會跟家人一起去旅行啦……但我妹妹美智香正處於叛逆期，我如今也不是很想去家族旅行。現在就偶爾寫寫暑假作業，找點事情打發時間。」

「這樣啊～不過，涼！近期內有機會創造超棒的回憶，你就拭目以待吧！」

「咦？這是什麼意思啊，友里同學？」

她為什麼要那麼說？

難道她準備在暑假期間約我去哪裡玩嗎？

不，這不可能。

跟我一起又不好玩，根本沒有這個可能性吧。我是在亂期待什麼啊？

「你之後就知道了，現在要保密～！」

「是嗎？那我就好好期待吧。」

那麼，現在差不多該道別了。

雖然跟友里買東西很有趣，但這不是我的目的。必須保護好雛海，然後還要抓到跟蹤狂，或是找到相關線索。所以我得立刻回去才行。

「好，友里也買完東西了，那我差不多該……」

我說到一半——

「咕嚕嚕嚕嚕嚕～～～～」

肚子傳出了令我丟臉到極點的巨響。

因為實在太大聲，我害羞得臉龐滾燙不已。

友里聽到我肚子叫的聲音，臉上閃過一抹錯愕，隨後笑了起來。

「啊哈哈！涼，你該不會是肚子餓了吧？」

友里她是明知道我覺得很丟臉，卻還是故意調侃我吧。

可惡。她聽得一清二楚，我連辯解都沒辦法。

「對、對啊……我有一點餓了……」

「不是只有一點而已吧～我可是有聽到你這裡發出超大的聲音喔。」

友里用指尖輕輕地戳了戳我的肚子。

「但我也沒資格笑你啦～確實差不多該吃午餐了～你看看時間。」

她直接給我看手機畫面。

只見顯示在手機鎖定畫面上的時間是剛過十二點不久。

「已經這個時間了啊，真快呢。」

「對呀～啊！這樣吧，涼。」

「嗯？」

「要不要跟我一起去吃飯？我也想謝謝你陪我買東西呀！」

「……咦？咦咦咦咦咦咦？」

第八話　午餐

「機會難得，我們就一起去吃午餐嘛！好嗎？那就直接去餐廳很多的四樓吧！」

友里完全不管我的意見，像是不准我逃跑似的抓住我的手，往手扶梯走過去。

買完泳裝又要吃飯啊！而且連我的意見都不問，已經在前往的路上了！

我跟上友里飛快的步伐，朝她說道：

「喂，友里，真的要去嗎？」

「當然！哎呀～仔細想想，我從來沒有跟你單獨出去吃過飯吧？」

「咦？這麼說來確實是沒有……」

「對吧！反正你跟我肚子都餓了，就這樣去吃飯吧！」

「呃，那個……可是……」

要是繼續被友里牽著鼻子走，又會拖到回去找雛海她們的時間。

我很在意雛海她們的情況，說不定跟蹤狂這個時候也……

這麼一想，現在可不是悠哉吃午餐的時候！

我鼓起勇氣，打算拒絕友里的邀請之際——

「還是說……你不想跟我一起去吃飯嗎？」

直到剛才都興致高昂的友里忽然面露不安的神色，定定地凝視著我的眼睛。

本來興致還那麼高昂，現在露出這種表情……彷彿是我做錯了什麼似的。不，或許真的是我不對吧。

但是，我該怎麼回答這種問題才好？

我並不討厭友里，反而覺得跟她在一起很開心。

只是不該是現在！剛才也是如此，真的太不湊巧了！

現在該如何是好……不行了！我一點頭緒也沒有！

「沒、沒有啦，完全沒那回事！」

「真的？那你願意跟我一起去嗎？我想要和你一起吃飯……」

友里用泛著水光的眼眸直勾勾地凝視我，稍微加強力道抓我的手。

啊啊啊啊啊啊！幹嘛用那種眼神看我啊？我的心……！這樣我怎麼拒絕得了……！

目睹她這個舉動後——

「那、那就走吧……」

我沒辦法拒絕她。雖然真的很沒用，但我就是做不到。

看到友里那水潤的眼眸和不安的表情，我怎麼也拒絕不了。

友里邀我吃飯一定是為了讓我開心。這麼一想，我的內心……我的內心就更加難受……

「真的？不會給你造成麻煩嗎？」

「不、不會啊……」

我答完，那雙水潤的眼眸就一口氣流瀉出光采。

「太好了～！那我們兩個去吃飯吧！就我們兩個喔！」

友里特別強調「我們兩個」這幾個字，再次俏皮地向我眨了眨眼。

到頭來，我在這之後也沒能回去找雛海她們，而是跟友里一起行動了。

◇

「讓您久等了！這是起司蛋包飯！」

「好棒喔！涼你看！這個看起來超好吃的！」

點的起司蛋包飯一上桌，友里的雙眼就閃閃發亮。

「賣相十分好看，令人食指大動呢，應該很適合傳到ＩＧ上。」

「就是說呀！來拍照吧！」

友里拿出手機，對著起司蛋包飯連續拍了好幾張照片。

決定跟友里一起吃午餐後，我們來到蛋包飯專賣店。

這裡似乎是友里經常光顧的店，她說想趁這次機會帶我來吃吃看，便選擇在這裡吃飯了。

我點普通的蛋包飯，友里則點起司蛋包飯。彼此的餐點都已經上桌，我們正準備開動。

「放暑假之後就沒來過了，好期待喔～」

「有這麼好吃嗎？」

「嗯！來，你看！這是網路上的評價，在滿分五分中拿到了五分喔！不覺得很厲害嗎？是滿分耶，滿分！」

「這確實很厲害，我還是第一次看到滿分耶。」

「我就說吧！真的很好吃，你好好期待吧！」

「好。」

擺在我面前的蛋包飯，雞蛋看起來軟綿滑嫩，米飯的甜香刺激著鼻腔。色香俱全，光是這樣就知道絕對很好吃。

「那我們開動吧。」

「嗯！啊，但先等一下！」

正當我準備拿起湯匙之際——

友里臉龐微微泛紅，目不轉睛地看著我。

「那、那個……機會難得，要不要拍張照？」

「咦？妳剛才不是拍過蛋包飯的照片了嗎？」

「不，我指的不是那個。」

友里沉默幾秒後，如此提議：

「要不要拍雙人照？」

「咦？」

聽到「雙人照」這個詞語時，我一時想不到該回什麼。雙人照是那個吧，只有兩個人入鏡的那種照片……

……咦，她要跟我拍那個嗎？

「妳是認真的嗎，友里同學？」

「認、認真的啊……畢竟難得一起來這裡，我想留下回憶嘛！」

看著稍微提高音量的友里，我立刻就明白她不是在開玩笑。

「你願意跟我拍嗎？」

「我、我無所謂啊，那就來拍吧。」

「嗯！涼，過來過來，離我近一點！」

友里打開手機的前置鏡頭後，上半身猛地往我這邊靠過來。

距離太近，我不禁嚇了一跳，但要是因為害羞而退開就會沒辦法入鏡。

即使覺得很害羞，我還是向她靠近，彼此的肩膀幾乎要碰在一起，就這樣比出ＹＡ的手勢。

現在的我，露出來的笑容夠帥氣嗎？

我有些不安地注視著鏡頭。

緊接著——

「準備要拍嘍。來，笑一個～」

友里話音一落，手機便小小地「喀嚓！」了一聲。

拍完照片，我們便恢復原本的姿勢，友里檢查著保存在手機裡的照片。

「哦哦～不錯耶～拍得超棒的！你看！」

「以、以我來說，的確是滿好看的……」

「沒騙你吧！我平常就會拍很多照片，技術很不錯的～」

我很不上相，因為眼神很凶，經常散發出陰沉的氛圍。雖然沒有到不堪入目的地步，但坦白說，平常拍的照片都很不好意思拿給別人看。

不過在友里拍的照片中，我縱使緊張，臉上的笑容卻很燦爛。跟平常不同，看起來更開朗一點。這是我嗎？友里未免太會拍了。

「那我晚點再傳到你的ＬＩＮＥ喔！」

「謝啦，友里。」

「耶嘿嘿～獲得了跟涼拍的雙人照呢～」

友里笑咪咪地拿起湯匙，將起司蛋包飯送入口中。

「天啊～！好久沒吃了，超級好吃的啦～！涼你也快點嘗嘗蛋包飯吧！要趁熱吃才行！」

「嗯，說得也是。」

我用湯匙挖起鋪著鬆軟雞蛋的蛋包飯送進口中。味道跟期待中的一樣。鬆軟的雞蛋很甜，米飯帶著恰到好處的番茄醬酸味。雞蛋和米飯以絕妙的平衡融合在一起，吃了一口就停不下來。

一口又一口，我不斷將蛋包飯送進口中。

享用蛋包飯的同時，我思考著接下來的行動。

在我的預測中，依照現在這個氣氛，離開餐廳後友里大概會說：「涼～我們接著去電子遊樂場吧！」然後我就會被她牽著鼻子走。

這間購物中心的頂層有遊樂場，她肯定會去那裡。

也就是說，再這樣下去，我又會沒辦法回去找雛海她們。

實在是無可奈何……雖然隨便拒絕友里的邀約會讓我感到歉疚，但反過來說，一直跟雛海她們分開也很不妥當。

我不在那邊，完全不曉得古井同學她們現在有沒有按照計畫行動。我靜靜地將湯匙放在盤子上，從座位站起來。

「咦，涼你怎摸惹？」

友里嘴裡嚼著食物，一臉疑惑地望著我。

「啊，抱歉，我想去洗手間，暫離一下喔。」

「ＯＫ～！」

友里說完，繼續大口吃著起司蛋包飯。

於是我假裝去廁所，趁友里不注意的時候躡手躡腳地離開店內。走到遠一點的地方後，我用手機打電話給古井同學。

響不到三聲，古井同學就接起來了。

「喂？」

「啊！古井同學，是我。」

「我知道啊。看通知畫面就知道是誰打的。」

我隔著手機感覺到一絲怒氣。跟平常的古井同學比起來，語氣冷淡了一點。

這也難怪，因為計畫出亂子了。

「你現在在哪裡？我們在美食街吃午餐。」

「我們也正在吃飯，在友里常去的餐廳裡。」

「是喔？原來如此。所以呢？吃完飯之後能回來嗎？」

「坦白說很困難。友里現在興致還滿高昂的，離開餐廳後，她應該會要求我陪她去其他地方。」

「我明白了。畢竟友里她就是比較強勢的類型，我知道你不好拒絕。」

「謝謝妳的理解，古井同學。」

「但繼續被友里牽著鼻子走的話，什麼都做不嘍？你打算怎麼辦？」

我早猜到她會這麼問。

我並不是毫無對策就打給古井同學，再怎樣還是有想到一個辦法。

「我有一個提議，要不要去看電影？這間購物中心的六樓有新開幕的電影院吧？」

「電影……？怎麼突然提這個？」

對於古井同學的疑問，我冷靜地答道：

「只要當作是在電影院巧遇，接下來就可以一起行動了。而且電影院有限制入場人數，如果有可疑人物的話，一眼就看得出來。妳覺得怎麼樣……？」

暑期有不少以學生為客群的電影上映。其中有一部適合高中生看的愛情電影，感覺友里會喜歡。

查詢過後，放映時間大約是一小時後開始。

在電影院可以假裝巧遇，藉此跟她們會合，進場人數也有受到限制。

要是有奇怪的男人在，應該一眼就看得出來。

「原來如此，的確是個好點子。就這樣分開，遲遲無法會合也不是辦法。我知道了，那我們就在電影院會合吧。」

「好。有一部愛情電影會在一小時後放映，要不要選這部？也可以用來當作約友里的藉口。」

「可以啊，這種電影很適合兩個女高中生看。」

「對吧？我剛才已經確認過空位，現在還有位子可以訂，所以我們應該能看同一時段的場次。」

「是嗎？我知道了。」

「那就拜託妳了。啊，順便問一下。」

「什麼事？」

「有出現可疑人物嗎？沒事吧？」

「目前還沒有，雛海也沒事，她正在津津有味地吃著大份蕎麥麵。」

「這樣啊，我知道了。謝謝妳，晚點見。」

「晚點見。」

聽到古井同學這麼說完，我便掛斷電話。

好，要做的事情已經決定好了。去電影院跟她們會合吧。

◇

「咦？愛情電影？現在要去看嗎？」

「嗯，我正好滿感興趣的。既然都來了，要不要去看？」

跟古井同學講完電話後，我回到店內，立刻向友里如此提議。

我說出「愛情電影」這個詞的瞬間，友里拿著湯匙的手就停住，可能是感到很驚訝，她睜圓了雙眼。

畢竟是從我口中聽到這個詞，會驚訝也在所難免。因為我平常又不看愛情電影。

「怎怎怎怎怎怎麼了，涼？難道你其實很常看愛情電影嗎？」

靜止幾秒後，友里「砰！」地將雙手撐在桌上，臉龐朝我逼近。

「沒有很常看啦，就是看到廣告有點感興趣，感覺很好看。我看網路上也滿多好評的。」

「確實很多國高中生都稱讚很好看，但沒想到涼會有興趣……」

順道一提，我們等一下要看的電影是《戀戀夏日》，看名字就知道是不折不扣的愛情電影。

故事很簡單，就是一個女高中生轉學到某間高中後，在學校受到超搶手帥哥的猛烈追求，算是滿老套的電影。

但似乎會有嚴肅的情節轉折和出人意料的劇情，引發了熱烈的討論，吸引更多觀眾多刷。

「怎麼樣？要看嗎？」

「當然要！這下只能去了啊！哎呀～竟然能跟涼一起看電影，好幸運喔！我超開心的！」

友里笑得很燦爛。看來她非常想去。

「好，那等一下就去電影院吧。電影票可以上網訂，我現在就先訂票。」

「謝謝你～！超級期待的～」

友里始終帶著竊喜的笑容吃著蛋包飯，直到離開餐廳為止。

第九話　電影院

「那麼請前往三廳！」

在工作人員的引導下，我和友里前往三廳。

「真的好期待喔～我人生第一次跟班上男生一起看愛情電影耶。」

「我也是第一次跟女生看電影啊。是說，這種類型的電影在電視上播出的時候我偶爾會看，但來電影院看還是頭一遭。」

「哦～！涼先生！愛情電影不該在電視上看，而是要親自到電影院才行！」

「妳、妳幹嘛突然改變說話方式啊……」

想說友里突然改變了說話方式，結果她彷彿專家一般，滔滔不絕地闡述起愛情電影的魅力。

「首先，在那種昏暗安靜的空間才能投入電影的世界！再來就是可以在這樣的特殊空間中，享受平常體會不到的愛情滋味！所以才說不該透過電視，要親自來到電影院觀賞才行呀～」

「喂，說得也太慷慨激昂了吧？果然妳這個年紀的女生都會喜歡這種電影啊。」

「是啊～當然都會想談一場火熱又令人怦然心動的戀愛嘛！唉～有沒有人願意當我的男友呢～？」

雖然她的語氣像是在向神祈求，卻定定地凝視著我的眼睛。

這眼神似乎正在訴說著什麼……難道是希望我成為她的男友嗎？

不不不不！這不可能！絕對不會有這種事！

友里社交能力超強，可以說是班上最開朗活潑的人，待人又很親切。而且還是全年級數一數二的美少女。所以她只是在捉弄我而已。

「友、友里妳想交男友的話，隨時都交得到吧？」

「哦？我可以當作你在稱讚我嗎？」

「可以啊，畢竟妳這麼漂亮又有親和力，想跟妳交往的男生應該多得數不清吧？」

我話音剛落——

砰！

友里那邊就傳來了類似腳踏車爆胎的聲音。

我立刻看過去，發現友里的臉龐像熟透的番茄一樣通紅不已，剛才明明還那樣慷慨激昂地大談電影，卻在突然間沉默下來。

「奇怪，友里妳怎麼了？」

「……沒、沒什麼啦。只是沒想到你會稱讚我，就、就覺得很開心……」

友里輕輕拉住我的袖子一角。在前往三廳的通道上，我和友里停下了腳步，注視著彼此。

「涼、涼你啊……現在想交女友嗎？」

「咦，我、我嗎？」

「對、對啊，你現在……」

短暫沉默後，友里開口道：

「有喜歡的人嗎？」

喜歡的人嗎……

我從來沒想過這個問題。一直忙著解決問題，沒什麼心思去想那些。

再說，就算我有喜歡的人，對方會回應我的心意嗎？

我又不是帥哥，也沒有超聰明的腦袋，是個隨處可見的普通男高中生。雖然有擊退隨機殺人魔的經驗，但我並沒有把這件事當作人生成就，也不打算對任何人炫耀。

沒什麼受歡迎的要素。所以我從來沒有深入思考過戀愛方面的問題。

我現在有喜歡的人嗎？

喜歡誰？

想愛誰？

想跟誰在一起？

我如此自問自答。結果，最先浮現在我腦海中的是……

「我、我……」

我才剛向友里啟齒之際——

「咦？是小涼和友里耶！你們現在要去看電影嗎？」

背後傳來呼喚我們名字的聲音。

我立刻向後轉頭，便看到拿著大份爆米花和果汁的雛海和古井同學站在那裡。

看來我們現在終於成功會合了。

竟然在我才剛開口的時候出現，不曉得這時機算好還是不好……

「咦～？這不是雛海和小古井嗎！妳們怎麼在這裡？」

「我們想說來看看『戀戀夏日』。」

「哦～原來是這樣啊～簡直太巧了！」

「就是說呀，友里。」

「沒想到會跟友里看同一場電影，真是令人驚訝。」

「對啊～不覺得很扯嗎？我剛才也是巧遇獨自一人的涼，然後才一起來看電影的。這根本是奇蹟嘛～」

太多的巧合讓友里深思了起來。

果然瞞不過她嗎？畢竟我們四人明明是個別行動，卻因為巧遇而直接在電影院齊聚一堂，會引起懷疑也很正常。

「也就是說……這是上天的恩賜吧！真的是奇蹟呢！」

原本以為友里發現了，但從這句話來看，她似乎沒有想太多。太、太好了……

「對啊，也是有這種時候嘛。不說這個了，快點進去吧，電影差不多要開始了。」

古井同學就這樣走向三廳。

我也想說快點進去，便跟上她的腳步。結果不知不覺間，拿著大份爆米花的雛海就走在我身旁。怕被友里聽到，她壓低聲音說：

「小、小涼，你跟友里真的是巧遇嗎？說到底，你怎麼會來這裡呢？」

「咦？哦，我就來買點東西啊。到處閒晃的時候剛好遇到友里，就這樣一起來這裡了。」

「這、這樣啊……我有點放心了，耶嘿嘿。」

我解釋完之後，雛海揚起嘴角，露出高興的表情。

能看到她的笑臉真是太好了。雖然跟蹤狂的事還沒解決，但她看起來很快樂，這一點遠勝過一切。

……咦？我為什麼會這麼……比任何人都還要……

想保護雛海，好好珍惜著她呢？

我的心中冒出了這個無法立刻得出答案的疑問。

第十話　那傢伙現身了……？

「哎呀～電影超好看的呢～最後那一幕告白的場景太浪漫了！」

「對呀！雖然好久沒看愛情電影了，但非常好看耶！」

放映結束後，雛海和友里一邊說著電影感想，一邊走向電影院的出口。我和古井同學也跟在她們後面。

放映時間約兩小時，算是滿長的電影，不過故事內容意外有趣，並不會覺得無聊。主角向心上人告白的那幕戲，坐在我旁邊的友里忍不住落淚了。

而我則一臉無動於衷……好看是好看，但老實說沒有感動到落淚的地步……這種適合女生看的電影果然沒辦法打動我啊……

此外，我們在三廳看電影的時候沒有遇到可疑人物。畢竟是一部大受好評的電影，觀眾還滿多的，但沒有值得懷疑的人。

不是情侶就是好友結伴來看電影，幾乎沒有獨自前來的人。而且依照外表來判斷，觀眾大多是那種陽光外向的高中生和大學生，找不到疑似跟蹤狂的人。

「還是沒看到可疑人物耶。」

我朝走在旁邊的古井同學說道。

「對啊，幾乎都是學生，而且大多數是情侶或朋友。沒看見疑似跟蹤狂的人。」

「既然如此，果然根本沒有什麼跟蹤狂吧……？」

「還不確定，現在要斷定還太早。我在猜，說不定跟蹤狂今天沒有來這裡。」

「為什麼妳會這麼認為……？」

古井同學從口袋拿出手機，打開X的畫面。上面顯示著那個跟蹤狂的帳號。

「這個人今天還沒有發貼文。如果他在雛海附近的話，應該會發文說點什麼才對。或許他今天沒有來吧？」

「如果是這樣，他怎麼會突然打消念頭呢？」

「雖然對方應該沒有察覺到我們的存在，但說不定是在提防什麼，所以今天就沒有來接近雛海。也有可能是他以為雛海會獨自行動，結果看到我在旁邊就放棄了。」

「原來如此，古井同學的存在具有嚇阻力，讓對方不敢輕易跟蹤啊。」

「有這個可能。總之，今天應該已經沒事了。」

「了解。本來想在今天得到一些線索，看來是沒辦法了。」

「事情不會這麼簡單就有進展。今天辛苦你了，回去好好休息吧。」

「我會的。終於能放鬆一下了～」

我深深吸一口氣，再用力吐出來。

因為不曉得跟蹤狂什麼時候會現身，我心中那根弦始終繃得緊緊的，直到現在才終於能夠歇口氣。

原本想要得到一些線索，只是對方沒來也無可奈何。

雖說一無所獲，但雛海也沒有遇到任何事情，這樣算是好的結果吧。

「哦！小古井和涼在聊什麼呀～？」

我和古井同學的對話告一段落後，友里就插了進來。

「咦，就電影的感想啊……？」

友里還不知道跟蹤狂的事情，我立刻搪塞過去。

「是喔～原來如此。涼身為男生，覺得那部電影怎麼樣呀～？」

「這個嘛……」

正當我在思考要怎麼回答之際——

「他剛才很激動地對我說：『哎～我也好想談那種火熱又轟轟烈烈的戀愛喔！而且也想要被爆乳美少女追求！』我聽了都有點傻眼。」

「古井同學——！那種話我一句都沒有說過好嗎！那些噁心的話是哪來的啊！」

就算是為了搪塞，應該還有更好的說法吧！這樣我豈不是像變態一樣嗎！

如果只是說「想談那種火熱又轟轟烈烈的戀愛」倒沒關係，「想要被爆乳美少女追求」是不行的吧！我不記得自己許過這種願望耶！

不、不過，我確實有在心裡偷偷想過就是了……

「啊哈哈哈！涼的感想太搞笑了吧！」

友里知道這是玩笑話，很配合地大笑出聲。

如果不是友里的話，氣氛搞不好就凍結了啊。古井同學這傢伙真的很過分。

「我也想聽聽小涼對電影的感想。小涼應該不太看愛情電影吧，我有點好奇你憧憬什麼樣的愛情……這樣。」

雛海站在大笑的友里旁邊，抬起眼眸注視著我說道。

問我憧憬什麼樣的愛情是能幹嘛……？

「呃……我的話，能談場普通的戀愛就滿足了。」

「普、普通是什麼意思？你哪些情況下會怦然心動？喜歡的類型呢？」

雛海剛才明明還一臉羞澀地說話，卻突然咄咄逼人地不斷追問。看來她似乎對我的戀愛觀充滿了興趣。

咦，不過這又是為什麼？「千年一遇的美少女」怎麼會在意起我這種邊緣路人的戀愛……？

難道雛海對我……？

不，絕對不可能，是我想太多了。她肯定只是將我當作朋友來關心而已。

仔細想想，隔宿露營的時候雛海說過她有在意的人。

她一定是想聽聽男生的意見才問的。

「我也有點好奇耶～涼你哪些情況下會怦然心動啊～？你會想談什麼樣的戀愛呢～」

這次不只是雛海，連友里都加入對話，開始打探我的戀愛觀。

到、到底是在幹嘛啊……這兩個人怎麼都對我這麼好奇？

「妳們兩個先到此為止吧。反正應該會聊很久，我們找間咖啡廳討論電影的感想吧？」

在我慌亂到說不出話之際，古井同學立刻幫我解圍了。

她這個人雖然在捉弄我的時候不會手下留情，但也總會及時替我解圍。

「嗯，說得也是，我們找間店進去吧。」

「走吧走吧！我想趕快聊聊電影的感想和剛才的話題。」

雛海和友里也馬上贊成古井同學的提議。

我們離開電影院後，決定隨便找間咖啡廳討論感想。

◇

離開電影院後，我們在購物中心裡四處走來走去，尋找有空位的咖啡廳。

我朝走在旁邊的雛海說：

「雛海，妳最近過得怎麼樣？之前提到的煩惱還好嗎？」

「咦？呃，嗯。我很好喔，一點事也沒有。」

「那就好。跟古井同學買東西買得開心嗎？」

「嗯！買到了很多適合古古的可愛衣服喔！我也買了不少新衣服。」

雛海抬起手上的紙袋，興高采烈地說道。

雖然我不知道她們除了泳裝之外還買了什麼，但從雛海的反應來看，這趟購物應該讓她滿開心的吧。

「這樣啊。因為妳最近好像心情有點低落，能打起精神來真是太好了。要是又有什麼事的話，儘管告訴我吧。」

「嗯，謝謝你，小涼。不過，為什麼你這麼關心我呢……？」

聽到雛海這麼問，我思索了一下該怎麼回答。

雛海現在被跟蹤狂盯上了，所以我出於擔心才會主動找她聊天。但仔細回想起來，我在各方面都一直很關心她。

一想到雛海被某人傷害而感到痛苦的模樣……

我就會覺得很心痛。心臟彷彿被什麼東西狠狠揪緊一般難受，並且隱隱作痛。

當然，其他人也是如此，無論友里還是古井同學。可是，為什麼只有雛海會如此牽動我的心弦……

「我、我只是……單純不想看到妳受傷而已。真的就只是這樣。妳遇到困難的話，無論何時我都會幫妳的。」

「小涼……」

「有事情隨時找我商量，雛海。我想成為妳的助力，想要保護著妳。」

「謝、謝謝你……」

我這麼一說，雛海就垂下頭，輕聲地如此回道。雖然看不見她的臉，但她的耳朵不知為何變紅了。

咦，她突然怎麼了？我說了什麼奇怪的話嗎？

「我真的很慶幸能認識小涼。」

「咦？我嗎？」

「嗯，因為……」

雛海頓了一會兒，然後緩緩抬起頭，凝視著我的眼睛，說：

「待在一起就能讓我這麼安心的人，你還是第一個……」

怦咚！

心跳聲大得令我不禁擔心其他人會聽到，緊接著一口氣加速起來。

體內湧出的暖流擴散至全身，連心窩都暖暖的。我強忍住差點上揚的嘴角。

聽到異性，而且還是雛海這麼說，我的身體掩飾不住欣喜。

人家抬眸看著我說出這種話，我怎麼可能用一句「嗯，這樣啊」就帶過啊……

雛海這句話讓我太過開心，不由得撇開了臉。

「謝、謝謝妳……雛海。」

「咦？不會，我才是一直都很感謝你……因為我老是要勞煩你幫忙。」

「沒那種事啦。雛海能陪在我身邊，我也覺得開心又快樂。」

「謝謝你……」

我們彼此紅著臉，看著對方的眼睛說不出話來。一股正面意義上的尷尬氣氛在我們之間蔓延開來。

沒想到雛海會這麼對我說……該不會雛海喜歡的人——

就是我吧……？

……不，是我想太多了吧。

對方可是有「千年一遇的美少女」之稱，不僅端莊漂亮、成績優秀，個性還很認真勤勉，心地也很善良。

這麼好的人怎麼可能……

會喜歡上我這種人啊？

正常來講，我配不上她，我們之間是不可能的。就算我喜歡上雛海，到頭來也只能藏起心意度日吧……

正當我在思考這種事情之際——

「哦！發現有空位的咖啡廳了！欸欸！要不要去那間啊？」

循著友里指的方向看過去，便看到一間店內有空位的時尚咖啡廳。

看起來還有幾張空的四人桌，應該不用候位就能入座。

「氣氛不錯呢，就選那間吧？」

「是不是！你們兩個也同意吧？」

友里詢問我和雛海。

「我可以啊。只要能坐下來，哪裡都好。」

「嗯，我也沒問題。啊，但我想去一下洗手間，你們先進去吧。」

「好～！別迷路嘍～雛海！」

「嗯，那我晚點再過去喔。」

雛海向我們揮揮手，然後小跑步地奔向廁所。

依照樓層導覽來看，從這裡到廁所沒有多遠，應該很快就回來了。

我們目送雛海離開後，便三個人一起走進店內。

◇

跟小涼他們分開後，我立刻走進女生廁所，站在洗手台前面。

我回想著剛才的對話，還有自己對小涼說的那句話。

——待在一起就能讓我這麼安心的人，你還是第一個……

不小心就說出口了！

怎怎怎怎怎怎怎怎怎麼辦？

這根本和告白沒兩樣吧？

唔唔唔……能夠和小涼聊天太開心，忍不住就脫口而出了。

光是回想就覺得胸口好難受……！

深深嘆口氣後，我看向自己映在鏡子裡的臉龐。

我滿面通紅，像是用紅色油漆塗過一樣。

「我為什麼會這麼笨拙呢？應該選個更好的地點和時機才對呀……小涼也有點不知所措的樣子。」

不曉得小涼是怎麼看待我的……從過去到現在給他添了很多麻煩，他會不會覺得我是個麻煩的女人呢？

不、不會的，小涼再怎樣都不會有那種想法吧。可是跟友里比起來，或許印象沒有那麼好……

我不像友里一樣積極進攻，也沒有共同的興趣。

我在小學畢業的同時進入完全女子中學就讀，幾乎沒有跟異性說話的經驗。雖然從今年起變成男女合校，我依然不太習慣和異性說話。

至於友里則是天生社交能力強，跟很多男生都有交流。但我只有小涼而已。

我有讓小涼感到愉快嗎……要是他跟我聊過天後，覺得我是個無聊的女人怎麼辦？

戀愛真是困難。

因為以前都沒有認真喜歡過誰，完全不知道該怎麼做。

「我得再加把勁……！」

切換心情吧。要再對小涼主動一點才行。

我對著鏡子整理好儀容後，離開了女生廁所，往小涼他們在的咖啡廳走去。

必須更加努力。就算會害羞，就算很笨拙，我也要再接再厲！

才剛這麼想完——

「不、不好意思，這位小姐。請問妳是九條同學嗎……？」

背後突然傳來陌生人喊我名字的聲音。

我一回頭……

便看到一個戴著黑色鴨舌帽的男性站在我背後。

這、這個人是……？

第十一話

現身了？

「哎呀～那段劇情真的讓我激動到不行～簡直是高潮迭起！」

友里大口喝著她點的飲料，滿腔熱情地訴說著剛才那部電影的感想。

「對啊，雖然我平常不太看愛情電影，但偶爾看一次還不錯。不過，我一點也不想談那種令人臉紅心跳的戀愛就是了。」

「不是，古井同學，妳太嘴硬了啦……其實妳也想跟誰談一場火熱的戀愛吧？」

「啊？區區一個僕人也敢頂嘴，膽子不小嘛。活膩了嗎？」

「這根本不是人說的話吧……」

「你剛才說什麼？怎樣？我怎麼了？」

聽到我的發言，古井同學皺眉追問。

好、好可怕！不小心多嘴了啊啊啊啊！這下要被殺掉了！

「好啦好啦，小古井！冷靜點！就是一句玩笑話嘛。對吧，涼？」

「對、對啊！當然了！只是開個玩笑啦。」

幸好友里及時介入，還幫忙打圓場。我順著友里的話來說服古井同學。

她半瞇著眼瞪我。

「是嗎？那就算了。」

她就這樣瞪著我，用吸管喝了一口飲料。

「話說回來，雛海好慢喔～到底是怎麼了？我們進店已經將近十分鐘了，不知道她有沒有事。」

這一瞬間，一股惡寒竄上我的背脊。

雛海現在是單獨行動，再加上她遲遲不來咖啡廳……

搞不好是跟蹤狂出現了。想到這裡，我的身體不自覺地從座位站起來。

因為在電影院也沒看到跟蹤狂就鬆懈戒備，結果害雛海現在陷入了危機……！

大事不好了！我得立刻去找她才行！

古井同學也臉色凝重地看著我，用眼神示意：「你快去，我會看著友里。」

太感謝了，古井同學。友里就拜託妳了。

「涼、涼你怎麼了？突然站了起來！」

「抱歉，我也要去一下洗手間！古井同學和友里在這裡等我！」

「啊，等等，涼！」

我無視友里的話語，朝女生廁所猛衝過去。

◇

「可惡！難道他入侵女生廁所了嗎？不，畢竟還有其他人在，他應該沒辦法輕易進去。既然如此，難道是在雛海離開廁所的時候跟她接觸了嗎？無論如何，我得趕緊過去才行！」

我一邊全力擺動手腳，一邊環視周遭尋找雛海。

不行。現在正值暑假，有太多學生和帶著家人來的人了！這下根本找不到雛海在哪裡。

我從剛才就拚命在打電話，她卻完全不接！該死！人到底跑哪去了！

「呼、呼、呼……雛海，妳在哪裡！」

由於一直在奔跑，我先停下腳步，調整呼吸後再次環視周遭。

但還是連雛海的身影都沒看到。找遍各處都沒有。

「糟糕了，混帳！」

當我飆出這句話之際——

「那、那個……我已經說過那樣……不可以啦！」

某處傳來了這句話。

這個聲音……錯不了的，就是雛海！在哪裡？她在哪裡？人還平安嗎！

我左顧右盼，仔細觀察著四周。

這時，我在不遠處發現了雛海，以及站在她面前的可疑男人。

男人將帽子壓低到遮住眼睛，看不清楚他的臉。但從那身穿著和體格來看，毫無疑問是男的。

必須去救她！

我硬是撥開人潮，刻不容緩地朝她的方向前進。

「雛海！妳沒事吧！」

我大喊道，為了保護雛海而擠入兩人之間。與此同時，我狠狠地瞪著那個男人。

「你找她到底有什麼事啊？」

「咦、咦咦？難道是正在跟男友約會嗎？啊，對、對不起！我什麼都不知道就跟她搭話了！」

「…………呃，咦？對不起？」

對於大聲怒斥的我，男人出乎意料地微微鞠躬，開口道歉了。

我沒料到男人會這麼做，腦袋無法反應過來。

所謂的跟蹤狂會這麼乾脆就道歉嗎？而且還滿老實的，也沒有擺出反抗的態度，倒不如說是個好人吧？

「啊！不是的，小涼！這個人是那、那個……好像是我的粉絲啦！」

「咦？粉絲？粉絲是指那個粉絲嗎？」

「沒、沒錯。」

雛海一臉難為情地點點頭，認同對方是粉絲，導致我的腦袋更加混亂了。

這個人不是跟蹤狂，而是粉絲嗎？

咦咦，這是怎麼回事？

因為誤會了別人，我感覺臉龐滾燙得快噴出火來。另一方面，對方不是跟蹤狂而是粉絲的事實，更是讓我完全說不出話來。

「小涼，真是抱歉！這個人是我的粉絲，他、他剛才是在拜託我跟他拍照。我正在拒絕的時候，你就來了……」

雛海說明情況後，男人也跟著解釋道：

「事、事情就是這樣！我看到網路上流傳的照片，覺得超級可愛的，一直希望能有一次聊天的機會，結果就剛好在那裡碰見……我就請她跟我拍照……」

「所、所以你只是粉絲嗎？」

「當、當然啊！真的只是剛好遇到而已！我沒想到她有男友……非、非常抱歉！」

男人再次朝我深深鞠躬。

這、這種應對方式絕對不是跟蹤狂吧……我本來以為是跟蹤狂，結果只是一個喜歡雛海的善良粉絲啊。

這也難怪，畢竟雛海的外貌可是被網友封為「千年一遇的美少女」。

即使沒在當偶像或模特兒，有一兩個迷上她外貌的粉絲也不奇怪。

所以我是把粉絲誤認成跟蹤狂，自以為很帥地來幫她解圍嗎？

……

我就是一個鬧出大笑話的丟臉傢伙啊！

「對、對不起。我隨便誤會了你才更該道歉……」

「不、不會！請你別放在心上！以男友的角度來看當然會不高興啊，真的很不好意思！」

男人這麼說完，逃也似的跑掉了。

雖然為誤解對方而造成困擾一事道歉了，但沒來得及解開我是雛海「男友」的這個誤會。

真的是闖禍了啊。太過武斷，給別人添麻煩了。

「抱歉，雛海，都是我的錯。」

「不會，你別介意。我才很抱歉讓你擔心了。你沒有做錯任何事喔。」

「可、可是……」

「我很高興小涼你來得比誰都還要快。真的很高興。所以你別放在心上了。」

雛海將雙手放在胸前，臉上充滿欣喜，語調溫柔地輕聲說道。

聽到雛海這麼說，我的嘴角不由得上揚。因為不想被她看到，我馬上撇開臉躲避她的視線，但應該連耳朵都紅透了。

雖然差點因為我而平添更多麻煩，但雛海總歸是平安無事，這樣的結果還算可以接受吧。

不過，這是怎麼回事？為什麼只要看到雛海的臉龐或聽到她的稱讚……

我的心情就會變得如此雀躍呢……？難道我……

第十二話 一起回家

到頭來，跟蹤狂並沒有出現在購物中心內，我們隨便聊了一下電影的感想後就解散了。

考慮到回家路上可能會遇到跟蹤狂，保險起見，由我跟雛海一起回家。

在最近的車站下車後，我們兩個走向雛海的家。

「總覺得一天過得好快喔。」

雛海抬頭看著染上晚霞色彩的天空，這麼說道。

「聽說隨著年紀增長，時間流逝的速度也會變快啊。不曉得是為什麼。」

「我也不知道。但很不可思議呢，快樂的時光總是稍縱即逝。和古古一起買東西，還跟大家看電影，真的很有趣，時間一下子就過去了。而且……小涼來幫我解圍的時候，你的身影有一瞬間跟當時的英雄重疊在一起……不知道為什麼會這樣。我只要看到小涼的背影就會感到很安心。」

聽到這番話，我多少有些頭緒。

我以前從隨機殺人魔手中救過雛海。雖然還沒有向她自報身分，但她記得我當時去救她的背影。所以，我猜應該是眼熟的背影帶給她一股安心感吧。

可能是因為曾受過一次幫助，心情才會不自覺地放鬆下來。

「妳別想太多啦。就算不是我也一定會讓妳覺得很安心。」

我說完這句話後，下一刻——

雛海緊緊握住我的手，一臉認真地注視著我。她的這個舉動及表情，讓我的雙腿下意識地停下來。

「才、才不會呢……！不是小涼的話，我應該……不會感到安心……是因為小涼才這樣的。」

雛海看起來很害羞，儘管如此還是看著我的眼睛，清楚地說出她的心意。

即使是我也一眼就明白她不是在開玩笑。

「這樣啊……我覺得很高興。謝謝妳，雛海。」

不曉得怎麼會這樣。從什麼時候開始的？是運動會之後嗎……？

雛海的話語有時會讓我雀躍起來。開心得嘴角不自主上揚。

心窩很溫暖，可以感覺到一股暖意從體內湧出。雖然我不太會表達，但只要雛海在身邊，就會覺得很安心。

這種感情該不會是……

帶著浮動不已的心情，我邁開本來停下的雙腿，筆直地往前踏出步伐。

雛海依然握著我的手，但我沒有強行抽回來。

一開始只是握著，後來手指就這樣交纏起來，於是——

我們十指緊扣，暫時沉默地並肩走在路上。

第十三話 邀約

時光匆匆，去購物中心買東西已經是兩週前的事了。

在那之後，我每天都會跟雛海講電話，但沒有什麼特別的變化。

聽說她家附近並沒有出現可疑人物，也沒有收到奇怪的私訊。

因此，這陣子一直過著平靜的生活。

我仍舊是個無所事事的閒人，常常躺在客廳的沙發上耍耍廢、打打音遊。今天碰巧起得比較早，從早上九點就沉浸在遊戲裡。

爸媽因為工作不在家，就算過著糜爛的生活也不會挨罵。

雖然家裡有美智香在，但她好像待會要出去玩。午餐就隨便點個外送，繼續當一坨爛泥吧。

「啊，哥，你在這裡喔。可以聽我說一下嗎？」

「嗯？怎麼了？」

美智香從二樓下來，對著在客廳耍廢的我說道。

我暫停音遊，轉頭看美智香。

「我跟你說，我現在要跟朋友出去玩，你如果要出門記得鎖門。」

「知道了。」

美智香直接走到玄關出門了。

那傢伙幾乎天天都在玩，都不會膩嗎……？不過，我可以自己待在家，倒也無所謂。

呼～這樣家裡就沒有其他人了，誰也不會來打擾我，太爽了～

我繼續打剛才中斷的音遊。

在這個沒有別人，也不會受到打擾的環境中，專心地打了三十分鐘的音遊。

我想說休息一下，便關掉遊戲打算喝口茶。

這時，我的手機突然在沒有別人的客廳響起。我一看畫面，發現竟然是雛海打來的。

咦，怎麼突然打來了……？發生什麼事了嗎？

「喂？嗨，是我。」

「啊！小涼早安！」

「早安，怎麼這時候打來？」

「呃，嗯，我打來是有點事情想找你商量。」

「找我商量？」

難道是跟蹤狂的事情嗎？

不，她的語氣聽起來沒有慌張的感覺。整個人很鎮定，完全就是平常的雛海。所以是其他事嗎？

「小涼你呀，下週六日有空嗎……？」

「下週六日嗎……嗯，有空啊，沒其他事情。」

根本不需要查看日程表。

我今年暑假沒有值得一提的行程。因為沒什麼重要活動，下週六日應該有空。

「太好了！其實呢……我、古古還有友里要去兩天一夜的旅行。」

「旅行啊，真好耶，要玩得盡興喔。」

「那、那個……小涼你也要來嗎……？」

「咦？我嗎？」

「嗯，其實之前就決定要去了，然後想說你或許也可以加入。放暑假前在教室聊天的時候，你說過沒什麼計畫，所以想約你一起……」

「……我、我也可以跟妳們去嗎？」

我忍不住在沒有別人的客廳大聲喊道。實在沒想到雛海會邀請我去旅行，不由得就大叫出聲了。

「嗯，不嫌棄的話，你就來吧……好嗎？」

「不是，真的沒問題嗎？邀請我這種人去旅行。」

「當、當然呀！倒不如說是我想跟你一起去……！我希望能跟你留下美好的回憶！一起去吧！」

「好、好啊！我知道了，一起去吧！謝謝妳邀請我！」

回過神時，我已經一口答應了。

雛海這麼說讓我很高興。可以強烈地感受到她是真心邀請我去旅行，而不是單純湊人數。

那個雛海竟然邀請我去旅行耶……

我整個暑假都閒閒沒事做。正因為她知道這一點，才會好心找我一起去。這樣還拒絕的話，我就太差勁了。

最近跟蹤狂也沒有動靜，偶爾去創造屬於學生的青春回憶也不錯吧。

「太好了！那我告訴你詳細行程喔！」

在這之後，雛海將旅行的目的地和當天的集合地點告訴我了。

於是，本來沒有什麼計畫的我，在雛海的邀請之下，決定去兩天一夜的旅行了。

第十三話

邀約

謝謝妳，雛海，還有友里和古井同學！

久違的旅行，我來了。

第十四話　泳池

「哇喔～！這裡就是我們要住的旅館啊～好大間喔！我要拍很多照片，晚點傳到X上！」

抵達旅館後，友里就興奮地踩著小跳步，一馬當先地進入大廳。接著，她舉起手機開始對著各處不斷拍照。

「友里，妳太興奮了啦！先等等！大家一起進去啦！」

雛海追在興奮的友里後面，走進了旅館的自動門。

簡直像是媽媽帶著小孩來到玩具店，結果被興奮的小孩耍得團團轉……

「好了，我們也進去吧。」

「知道了～」

我和古井同學也跟上她們兩人，走向旅館的大廳。

我們來到的是附設大型休閒設施的高級旅館。夏天的這段時期會開放足足有一個東京巨蛋大的泳池，聽說每年都有大量遊客前來。

本來學生旅行住這種旅館可能要擔心錢的問題。光是住一晚就會噴掉不少錢。再加上要使用泳池的話，以高中生的打工薪水來說有點難以負擔。

但這間旅館碰巧是由古井同學的父親經營，特別讓我們用比較便宜的價格住宿。

得知古井同學的父親經營著全國知名的旅館時我很驚訝，不過坦白說，在我們學校或許是司空見慣的事情。畢竟在改制成男女合校前是貴族女校。有大企業老闆或政治家的女兒也很正常。我再次體會到自己進入了一間很不得了的學校。

「古井同學，真的很謝謝妳，能用這麼便宜的價格住宿實在是嚇了我一跳。上網查才知道這裡相當貴……發現這件事的時候我整個人都慌了，想說竟然要住這麼貴的旅館。」

「不用跟我道謝，只是靠父親的關係而已，我沒有付出任何努力。與其謝我，不如去向雛海道謝吧。」

「咦？向雛海道謝？」

「對，因為這趟旅行是她的主意啊，特地為你安排的。」

古井同學繼續說：

「放暑假前，你不是說過『暑假沒有計畫所以很閒』這種話嗎？雛海聽到後，就來找我討論說想要安排一趟旅行給你驚喜，所以我才會幫忙。好好感謝她吧。」

「我真的交到了很好的朋友……」

「是啊。另外，最近跟蹤狂的事情總把氣氛弄得很沉重，偶爾也需要轉換一下心情。今天就盡情大玩吧，英雄先生。」

「說得沒錯，久違地好好享受吧。」

我們將行李寄放在櫃檯。

然後，我們四人直接前往附設的大型泳池設施。

◇

「哇～雖然看過照片了，但真的很大耶……人潮算是滿多的，卻一點也不擁擠。這裡可以容納幾個人啊？」

我眼前有「流動泳池」，以及從十公尺以上的高空滑下來，最後一口氣急墜的「滑水道」等。

感覺在這裡玩上一整天都不會無聊。

看完周圍一帶的形形色色泳池後，我決定去巨大的鐘塔下面等待三個女生換好衣服。

雖說男生換衣服比較快，我註定得等她們，但在更衣室前分開之後，差不多已經過了

第十四話

泳池

十五分鐘。

「好慢喔～事先決定好的會合地點應該是這裡沒錯啊。」

當我一邊如此心想，一邊等待之際——

「啊！找到了找到了！小涼！」

某處傳來雛海的聲音。

我環顧周遭尋找雛海，然後就看到她從右邊朝我走來，背後還跟著古井同學和友里。

她們三人都穿著泳裝小跑步過來，胸部正在上下劇烈地晃動（除了古井同學之外）。

因此，周遭男性的視線都牢牢鎖定在她們身上。當然也包括我。

是說，奇怪了……？仔細一看，那三人穿的泳裝……

不就是去購物中心時買的那幾件嗎！

喂喂喂，竟然是為了今天而買的啊。原來如此，我終於理解友里當時說的那番話了。本來還想說她幹嘛說得一副意味深長的樣子，現在總算搞清楚了。

她打從一開始就知道計畫，並且特意那麼說的。

真是不得了。三人穿的泳裝都能發揮出各自的優勢，非常適合她們。

我居然要跟那三個美少女一起在泳池玩耍嗎？總覺得好緊張啊……

「小涼，久等了！真是抱歉，還讓你等我們！」

「哎呀～雛海好快啊～涼，抱歉讓你等了這麼久！」

「妳們兩個都冷靜一點啦。」

最先跑到我面前的是雛海，友里和古井同學跟在後面。三人都微微喘著氣，汗水順著臉頰流下。

我的視線不自覺地追逐著雛海流下的汗水，從臉頰滑落下去，滴到她的胸口上。

雛海那豐滿的胸部出現在我的視野，而且連平常看不到的乳溝都近在眼前，我不禁移開了視線。

糟糕……我應該沒有胡亂興奮起來吧……

「沒、沒關係啦，我也沒有等很久。」

「這樣啊，那就好～對了，慶道涼同學，你剛才是在看滴到雛海胸口上的汗水吧？你看了吧！」

似乎沒有逃過友里的雙眼，她開始追究我剛才的視線。

看到她勾起小惡魔般的奸笑，就知道她是在拿我的反應取樂。

可惡，沒想到會被友里看得一清二楚……

「哪有，我又沒有看！八成是妳誤會了吧？」

「哦～現役女高中生的胸部就近在眼前還能繼續逞強啊～其實你應該覺得很興奮吧～」

「不，我才沒有……」

「那這樣你也沒感覺嗎？」

友里說完又露出奸笑，猛地拉起我的手，用力壓在自己的胸部上。胸部那柔軟又有彈性的觸感直傳腦門，我抵抗不了，就這樣嘗到了滋味。

「你看你看～怎麼樣呀，涼？」

「喂……喂！笨蛋！友里妳不能這樣！」

「咦～有什麼關係嘛。涼～你還記得這件泳裝是你選的嗎～？我可是為了今天做足了準備呢～」

友里現在穿的泳裝確實是上次在購物中心買的那一件。在她試穿過的泳裝之中，這件的裸露度算是很高，遊走在尺度邊緣，是適合成熟女性穿的款式。

在近距離下看到友里穿泳裝的模樣，甚至連乳溝都清晰可見，我不禁心中一慌，打算退開。

然而，友里用力抓住我的手，不讓我逃掉。

在眾目睽睽之下表現得這麼親密實在是不太好吧……！

好、好在意周遭的目光！太不妙了！

為什麼友里在這種情況下還能一副沒事的樣子啊？不，她是不是反倒還露出了閃閃發光的眼神啊……？

「好了，友里，不要在大眾面前做那種事，快放開。」

也許是對驚慌失措的我感到傻眼，古井同學出面介入我和友里之間，總算把我們兩個分開來了。

我離開友里後，古井同學用不悅的眼神瞪著我。

「你在害羞什麼啊……滿臉通紅的。拜託看一下時間和場合。」

「對、對不起……」

「真是的，青春期的男生就是這副德性……看到胸部大的異性就會很激動，變得格外興奮……」

古井同學臉上浮現不高興的表情。

真稀奇……啊，原來如此。古井同學沒有胸部，所以在嫉妒友里……

「『古井大人沒有胸部，所以在嫉妒友里』，你剛才這麼想了吧？」

「沒、沒有沒有沒有！我沒那麼想！真的完全沒有！而且『古井大人』是什麼啊？我才沒有用『大人』來稱呼妳咧！」

好險啊——！話說，她為什麼總是理所當然地知道我在想什麼啊！

她有超能力嗎？這個人該不會能夠讀心吧？

「是喔，看到你的表情，我就猜想你是不是在想那種事情。當然沒有想過吧……沒有想過吧？」

古井同學如此施壓，讓我不禁顫抖起來。

欸，很可怕耶。坦白招認的話，絕對會一命嗚呼吧。

「我真的沒那麼想……真的。」

古井同學眼神不悅地盯著我一會兒。

「是嗎？算了，這次就放過你。」

她平靜地這麼說完，視線從我身上移向友里。

「友里，進泳池前先把帶來的泳圈充氣吧。那邊有充氣筒，我們快過去吧。」

「知道了～！那走吧，小古井！涼和雛海也一起來吧！」

「好、好啊，那我們走吧，雛海。」

我說完正要踏出腳步時，雛海輕輕地握住我的手。

接著，她帶著水潤的眼眸及通紅的臉龐開口說：

「小、小涼……這件泳裝怎麼樣……適、適合我嗎……？」

雛海抬眸看著我，那張可愛的表情令我的心跳一口氣加速。

這副模樣誰不會心動啊……！

雛海的肌膚真的很白，平常穿著制服不太容易注意到。線條也很緊緻，胸部卻絲毫不遜於友里。要過著什麼樣的生活，才能養出這種破壞男人理智的身材啊……

「非、非常適合妳啊……老實說太適合了，我找不到更好的形容詞了。」

我忸忸怩怩地說道。雛海聽到之後，眼眸瞬間綻放出光采。

「真、真的？好開心喔，能聽到小涼的讚美，我超開心的。」

說完，雛海接著開始目不轉睛地觀察我的身體。

「小涼你才是鍛鍊得很好呢，腹肌都很明顯，手臂也是。」

「哦，這個啊，以前做過不少鍛鍊，當時的肌肉就一直留到現在了。我最近沒怎麼在鍛鍊，肌力有點下降就是了。」

「咦咦？意思是以前有更多肌肉嗎？」

「嗯，算是不少吧。」

「好厲害！我覺得有在鍛鍊的人真的很帥呢！」

「謝、謝謝妳的稱讚，雛海。」

「嗯！那我們走吧，小涼！」

「好！」

我和雛海聊了一會兒後，便跟上友里和古井同學的腳步。

不過我有點驚訝，竟然會從雛海口中聽到「很帥」這個詞。感覺很久沒聽到了。

沒想到雛海喜歡體格結實的肌肉男啊。因為她看起來不太像會喜歡那一型，讓我有點意外。

◇

「哎呀～真的好暢快喔～果然夏天就是要來泳池呢～」

友里靠在甜甜圈形狀的泳圈上，慢悠悠地漂浮於水面。她露出舒服的表情，任由池水帶動身體前進。

我們目前所在的是「流動泳池」。在環狀泳池中產生穩定的水流，就算什麼都不做，身體也會擅自順時針移動。

第一個進入的泳池選安穩又寧靜的地方比較好，所以就來這裡了。

待了將近十分鐘，水流真的很穩定，令人忍不住想一直待下去。

我們隨著水流漂浮，閒聊著度過時間。

「第一個泳池果然選擇這裡最好呢～」

「嗯，雖然人很多，不過畢竟是大型設施，感覺一點也不擠呢！」

友里表情舒暢地說道，雛海也露出開心的笑容。

另一方面，古井同學身材嬌小，雙腳勉強能碰到池底，但坦白說還是很危險，所以她坐在泳圈上漂浮於水面。而且還戴著太陽眼鏡，將吸管插進椰子喝著裡面的椰汁。那是她剛才順路去商店買的。

光看外表的話，很像是名媛……不，這個人確實家境富裕，所以是名媛沒錯。

「呼～真舒服。泳池就是要這樣嘛。」

不只是外表，連說出口的話都很有名媛的感覺啊，古井同學……

身為庶民的我，還是第一次看到有人來泳池玩卻不下水游泳……

我一邊在古井同學面前游泳，一邊跟友里她們開心聊天。

「涼～下一個泳池你想去哪裡～？」

「我去哪都可以啊，不過，要不要去『波浪泳池』看看？」

「不錯耶～雛海也可以嗎？」

「嗯！」

波浪泳池是會產生人工波浪的泳池。波浪的強弱是隨機，有時很強，有時很弱。

像這樣的泳池，就算只是待在裡面也會覺得意外地好玩。

不過，友里那傢伙從剛才就一直靠在泳圈上，完全沒有要游泳的意思……

古井同學是因為身材嬌小才使用泳圈，友里的個子以女生來說很高，為什麼不游泳呢……？

有點好奇，試探一下好了。

「欸，友里，下一個要去『波浪泳池』，妳差不多該游泳了吧？」

我將友里的泳圈抬起來，靠蠻力翻轉過去。

「呀啊！等等啦，涼！」

友里嚇了一跳，整個人立刻沉入水中。反正很快就會浮起來說「真是的！幹嘛突然這樣啦」之類的吧。

我本來是這麼想的，但實際則不然。

「哇呀！我、我不會游泳啦！涼你身體借我一下！」

友里從水面探出頭後，就這樣緊緊抓住我的身體。

我與友里緊貼著彼此，身體相互碰觸，感覺得到她的體溫。與此同時，友里的胸部觸感也……！又來了啊！

「友里，妳不會游泳嗎？」

「我、我、我、我會游泳啦……只、只是今天有點……」

「所以妳果然不會游泳嘛！這種事要早點說啊！」

「不行不行！我說不出口不會游泳啦～！涼你這個笨蛋～！」

友里鼓起臉頰，不斷輕敲著我的胸口。

因為友里緊抓著我拚命敲打，我沒辦法強行拉開她，只能一直承受著她那可愛的攻擊。

友里竟然不會游泳，真令人意外，我沒料到這一點。少根筋的雛海不會游泳我還能理解，做什麼都能很快上手的友里居然不會游泳，坦白說我很驚訝。

真是個讓人意想不到的弱點啊。

「我生氣了！涼，你要背著我去『波浪泳池』！」

「不是吧！怎麼可以用背的啊！」

「背我！背我！背我！背我！背我！」

敲打我胸口的力量逐漸變強。

只是變得大力一點而已，完全不痛，但我的惡作劇給友里添了麻煩是事實。

為了平息友里的怒火，只能答應她的任性要求了吧。

「知道了啦！我背妳就是了，先冷靜一點！」

我這麼說完，友里便開心地揚起嘴角。

「耶～！那快走吧，涼！大家都沒問題吧？」

「呃，嗯……我沒問題喔。」

「我跟雛海一樣。還有，友里妳貼太近了。」

「謝謝～畢竟我不會游泳嘛，這又沒辦法。來，涼！走吧！」

「知、知道了……」

我摟著友里走向泳池邊。

古井同學依然戴著太陽眼鏡喝著椰子汁，所以由雛海拉著泳圈的細繩跟在我們後面。

「小涼……」

「嗯？怎麼了？妳叫我嗎？」

後方傳來雛海輕喊我名字的聲音，我便回頭確認，結果雛海表情有些憂愁地搖了搖頭。

「沒、沒有，我什麼都沒說。應該是你聽錯了吧……？」

「是嗎？」

真奇怪，我明明有聽到啊。

不過，為什麼雛海的表情有一點憂愁呢？剛才明明還很歡快。

◇

離開「流動泳池」後，我們接著來到「波浪泳池」。

我們四人立刻進入人潮眾多的泳池，讓身體隨著波浪擺動。

古古喝完了椰子汁，現在則是將吸管插進鳳梨裡喝了起來。

剛才前往泳池的途中，看到有商店直接將整顆鳳梨當作飲品來賣，古古二話不說就買了。

古古真的很喜歡在泳池裡喝飲料呢。但願不會弄壞肚子……

當古古正在以獨到的方式享受泳池的樂趣時，另一邊——

「哇～！『波浪泳池』也好棒喔～！波浪是不是還滿強的啊？」

「意外地滿強的。友里妳不會游泳，還好吧？」

「好得很！現在穩穩地坐在泳圈上，而且你就在旁邊，安啦～！」

友里和小涼緊緊黏著彼此，在泳池玩得很開心。而我只是看著他們兩人的背影，隨著波浪搖晃而已。

我也想多和小涼聊聊……想靠得離小涼近一點。可是他身邊有友里在……

會不會就這樣一事無成地結束呢……

第十四話
泳池

不，我不要……！我不要這樣！
必須鼓起勇氣才行！不做點什麼就不會有開始！不展開行動就不會有機會！
雖然會害羞，雖然有點不安，但還是只能豁出去了……！
「小、小涼！波浪還滿強的耶！我、我好像快被沖走了，可以待在你旁邊嗎……？」
我站在小涼右邊，忍住羞怯看著他。
「可、可以啊，完全沒問題。雛海妳也不太會游泳嗎？」
「不是，只是這裡人很多，那、那個……待在小涼旁邊比較安心。」
我說完，小涼就自然而然地露出笑容。儘管臉頰微微泛紅，卻揚起了嘴角。
「當、當然可以啊！妳不嫌棄的話。」
「謝、謝謝你！小涼！」
我向小涼道謝後，看向另一邊——位於左側的友里，發現她的表情有些不滿。
雖然看起來不是在排斥我，但似乎帶著一絲不安……
這也難怪，畢竟友里喜歡小涼，我卻介入他們之間，她會心情不好也沒什麼好奇怪的。
倒不如說這樣才正常。可是，友里……
我也喜歡小涼啊。

所以，我沒辦法對友里的行為坐視不管。

我不會再顧著羨慕別人了。我也想談戀愛……

我從友里身上收回視線，再度看向小涼。

接著，我用力地抓住小涼那細瘦卻結實的右臂。

小涼的手臂碰到我的胸部，雖然非常害羞，但必須忍住才行。

連這點小事都辦不到的話，可是會輸給友里的……！

「咦……！雛海妳怎麼突然這樣！」

「啊，沒、沒有啦，就、就是！我很沒有力氣，波浪一來很容易就被沖走，我怕會撞到其他人，所、所以……要是抓著小涼的手臂應該就沒問題了。你、你會討厭嗎……？」

我感覺到臉龐唰地滾燙起來。好想立刻將臉泡進水裡冷卻一下。

但是，這時候不能退縮。小涼人很溫柔，應該會接受才對。

「既、既然如此，那好吧。小心別被沖走嘍，雛海。」

「我、我會的！謝謝你，小涼！」

太好了！成功了！

我順利跟友里一樣緊貼著小涼了。不過，只有這點程度還不夠……

第十四話

泳池

在目前的「波浪泳池」玩完後，下一個應該會去「滑水道」。

那個「滑水道」是乘坐雙人泳圈，一口氣滑下去的遊樂設施。

所以，友里大概會提議去下一個地方，就這樣直接過去。然後她會順勢邀請小涼一起。

如果變成這樣，我又只能看著他們兩人的背影了。

絕對不可以。既然成功緊貼在小涼身邊了，下一個遊樂設施也要維持住才行！

「那、那個……小涼！」

「涼，關於下一個要去的地方！」

我對小涼說話的瞬間，很不湊巧地，友里也在同時說話了。

我和友里半瞇著眼看了看彼此之後，視線立刻回到小涼身上。

「「下一個要不要去『滑水道』？」」

友里果然也打著同樣的主意。

我知道她會順勢邀請小涼。但我也一樣！

「好、好啊，沒問題……」

「「那我們兩個一起滑水吧！」」

我和友里的說話聲再度重疊。

既然走到這一步，那就不能再害羞下去了。我不可以輸給友里！

我眼神認真地注視著小涼，使勁抓住他的手臂，讓身體貼得更近。

友里看我這樣，也不服輸地將身體緊緊黏著小涼。

「涼，跟我滑水吧？」

「小、小涼！和、和我一起滑水吧！」

我和友里隔著小涼互瞪。我已經不在乎友里會怎麼想我了。一決勝負吧，友里。

雖然穿著泳裝邀請異性非常令人害羞，但必須勇往直前才行！

「咦、咦咦咦？妳們兩個幹嘛突然這樣啊！」

「「你要跟誰一起滑水？」」

「不、不是，太突然了……不能三個人一起滑水嗎？」

「「不能！」」

我和友里異口同聲地立刻回道。本來就只有雙人泳圈，不能三個人手牽手一起滑水。

我們之中只有一人可以和小涼一起滑水。

小涼歪著頭深思了一會兒，說：

「那、那這樣吧，我先跟雛海一起滑水好了……畢竟雛海沒有約我來旅行的話，我現在根本就不會在這裡。」

「真、真的嗎？謝謝你！小涼！」

我進一步使勁抓住小涼的手臂，讓身體貼得更緊密。

好開心……我開心極了！

他沒有選友里，而是選了我。無論理由是什麼，這就是最令人開心的事情！

在我喜笑顏開之際，友里不高興地鼓起臉頰，緊緊盯著我的臉龐。

我在她的眼眸深處看見了一絲不甘心。

對不起，友里。可是，我也不想輸呀……！

◇

離開「波浪泳池」後，我們移動到「滑水道」。

起點位於十公尺以上高空的「滑水道」相當受歡迎，等待的人潮排成長長的隊伍。

因為會從彎彎曲曲的管道急速滑落下來，不時會聽到尖叫聲，尤其女性居多。

可怕歸可怕，喜歡追求刺激的人似乎還是很多，我們排隊之後已經等了三十分鐘以上。

感覺再等一下下就能玩了，不過從這個高度滑下來果然滿令人害怕的……

從爬上來的樓梯往下一看，我再次心生恐懼。

這個「滑水道」是兩人一組滑水，我和小涼一組，友里和古古一組。

「雛海，你是在害怕嗎？沒事吧？」
可能是發現我看到下面後微微發抖，小涼體貼地這麼問道。
「呃，嗯！我很好！」
「真的嗎？可是妳在發抖耶？」
「只、只是沒什麼經驗而已啦！放心！雖然會覺得怕怕的，但我很期待！」
「這樣啊……那就不用擔心了吧。」
「哦哦～雛海妳果然會怕嘛～要不要跟我交換啊？當第一個很可怕吧？」
跟在我和小涼後面的友里突然插話道。
她乍看之下是在擔心，但真正的目的應該是要跟我換組，好跟小涼一起滑水。
「就、就說沒事了！我、我要跟小涼一起滑水！」
「是喔～」
友里面露些許不甘，撇過頭不再看我。她果然還沒有放棄，依然想跟小涼一起滑水。
但因為等待時間，最多只能玩兩次，不太可能玩很多次。
所以，我想把握這次的機會……！
「下一組客人請過來這邊！」
腦中想著這種事情時，不知不覺輪到我們了，工作人員正在做準備。

工作人員將兩人用的大型泳圈放在「滑水道」的入口，用手按著避免被沖走。

兩個人坐進這個後，就會從這裡一口氣急墜，直接滑落下去。雖然很刺激，但有小涼在就不用擔心！

「那麼，雛海，還有其他人在等，我們坐進去吧。」

「好、好的。」

我和小涼一起坐進泳圈。小涼坐前面，我則在後面坐下。

「那雛海妳要撐住喔。」

「嗯，謝謝妳，古古。妳們也要趕快跟上喔！」

準備滑下去之前，古古朝我揮了揮手，緊接著——

「那麼，祝兩位玩得開心！」

隨著工作人員的這句話，我們一口氣急墜，在管道內激烈地顛簸，急速前進。速度快到我忍不住閉上雙眼，咬緊牙關，內心有點害怕。

「哇喔喔喔喔！超快的耶！雛海！妳沒事吧？」

小涼似乎很在意我的情況，享受的同時也不忘關心我。

但是，好不容易可以兩人共度快樂的時光，不能讓他擔心！

「沒、沒事！很好玩……超好玩的！」

即使是逞強，我也不想在跟心上人享樂的時候破壞氣氛。

絕對不要說出「好可怕」這幾個字。我想創造屬於兩人的回憶，不想讓他擔心！

「這樣啊！但要是妳覺得不安的話，抓著我也沒關係喔！」

小涼一瞬間轉頭看我，朝我一笑之後，又轉頭看向前方。

看著小涼的背影果然很令人安心。他的笑容有股安撫的力量。

既然他對我露出笑容，就表示我抓著他也不會引起反感吧……？

現在只有我們兩個而已，不會有人打擾。但並不是永遠都是如此。我猜差不多快要滑到底了。

既然如此，我得鼓起勇氣才行。

儘管我很害羞，還是從後面將身體貼上去，像是緊緊擁抱住小涼一樣。

我的雙手從小涼背後圈住他，然後牢牢地抓住。

小涼那結實的上半身以及彼此緊貼的肌膚，讓我不由得心跳加速。

內心小鹿亂撞，簡直害羞得不得了，但同時也覺得很安心，鬆了一口氣。可以直接感受到心上人的體溫。

「嘩啦！」

從管道出來後，就這樣乘坐泳圈在水面上滑行了一下子，順利結束了。

我和小涼從滑水墊下來，移動到其他地方說話，以免擋到下一個滑下來的人。

「呼～速度還滿快的，很過癮呢。雛海妳還好吧？」

「我覺得非常好玩！一開始是有點可怕，但途中就開心了起來，一下子就結束了呢！」

「這樣啊，妳覺得好玩真是太好了。」

「嗯。咦？小涼，你耳朵紅通通的耶？怎麼了嗎？」

我說到一半，注意到小涼的耳朵很紅。滑水前並沒有變紅啊……

是曬紅的嗎？但短時間內有辦法曬得這麼紅嗎？

「咦？沒、沒啦～妳別在意！啊哈哈哈！」

「好、好吧。」

雖然他看起來像是在搪塞，但我沒有再追問下去，因為我不喜歡咄咄逼人。

友里她們差不多快來了吧？

我看著剛才滑下來的管道。

「真、真是沒想到雛海會抱住我……」

前方傳來小涼嘀咕著什麼的聲音，但我沒有聽得很清楚。

第十五話 分房間

傍晚六點——

泳池的開放時間結束，我們四人在旅館的客房稍作歇息。

我們從上午就待在泳池裡，傍晚時體力已經見底了。

在泳池玩耍的時光確實很快樂，但待太久還是會疲憊。

大玩特玩之後，由於旅館是從傍晚六點半開始供應餐點，我們六點前離開泳池，目前待在旅館的一間客房裡。

客房裡有兩張大床、一間浴室及一台大電視。能夠在這麼寬闊又舒適的環境中睡覺，簡直是太棒了。

「長時間待在泳池裡真的很累耶。雖然很好玩，但這陣子不能再去泳池了……皮膚也曬得好紅。」

大概是累了，古井同學躺在床上深深嘆了一口氣。

古井同學身材嬌小，而且平常不太運動，看起來沒什麼體力。

可是，她在泳池好像就是一直喝果汁，坐在泳圈上漂來漂去而已……

「真好玩呢～等一下在旅館吃晚餐，然後就睡覺吧～明天這附近是不是有慶典啊，雛海？」

友里盤腿坐在躺著的古井同學旁邊，朝坐在另一張床上的雛海問道。

「嗯，明天這附近好像有慶典，去那邊玩完後才要回家。雖然慶典是從傍晚開始，但回程是古古的爸爸載我們回家，真的很感謝呢！」

我們入住的旅館附近有間相當大的神社。那間神社每年夏天似乎都會舉辦慶典，我們要去參加。

慶典從傍晚開始，晚上八點前後結束。最後會將超大的煙火打上天空。

雖然回去會比較晚，但聽說古井同學的父親會開車載我們。

「好期待喔～跟你們幾個一起參加慶典簡直太棒了～感覺可以創造很多回憶呢～啊，對了，今天拍了很多照片，晚點得整理一下才行～唔～要刪的話還滿麻煩的，我也想盡可能留下所有照片就是了～」

方才在泳池裡玩耍的時候，友里不管到哪都猛拍照，誇張到「就連在這裡也要拍照嗎？」的程度。

她的手機有防水功能，掉進水裡也沒有損壞的風險。所以在泳池的時候，無論是水中還是等待時間，她只要逮到機會就會拍照。

然後一邊竊笑，一邊上傳到X和IG，就是個散發耀眼光芒的女高中生。

「喔，差不多該吃晚餐了。在離開客房前，你們三個可以聽我說一件事嗎？」

古井同學查看手機時間後，在離開客房前向我們這麼說道。

「怎麼了？古古？」

雛海歪著頭詢問，古井同學便抬起原本躺著的身體，看著我們的臉龐。

「我想談談分房間的事，可以嗎？」

「分房間？我記得訂了兩個房間吧？那我住另一間就行了。」

「一開始是這麼打算的，但難得男女一起入住，會想要來點刺激感吧？所以，我們現在來分房間，決定誰要跟誰一起過夜。」

「「「咦？」」」

我、雛海以及友里同時叫道。

聽到古井同學的震撼提議，我不由得張嘴發愣。

咦，所以是怎樣？

我必須跟她們其中一人度過一夜嗎……？

第十五話

分房間

咦咦？這種突發事件是可以的嗎？而且還是兩人獨處吧？怎麼想都不行吧！

我感到心慌意亂。至於友里和雛海則臉龐微微泛紅，但感覺充滿了鬥志。

咦，為什麼她們都那麼有鬥志啊……？難道是不想跟我住同一間嗎……？

可以理解啦，她們又不喜歡我，當然會想避免跟我住同一間吧。

不過，古井同學看到那兩人的表情後，不知為何露出一抹竊笑。

為什麼她看到雛海和友里的反應會揚起嘴角啊……？

難道古井同學突然做出這種提議，其實跟她們兩人有什麼關聯嗎……？

「是說還真突然耶，古井同學。這種事為什麼不一開始先說啊？現在才提議很令人傷腦筋。」

「不覺得這樣會更有趣嗎？旅行時一定要做點刺激的事情。而且……看到兩個人今天的行為後，我覺得這麼做比較好。」

「咦？兩個人？哪兩個人？有包含我嗎？」

「不曉得，問我也沒用。用你的榆木腦袋好好思考吧，木頭男。」

古井同學朝我微微吐舌，像是在要我一樣。

突然間到底是怎樣了？兩個人難道是指友里和雛海嗎……？

為什麼對那兩個人來說，這個提議會很刺激啊……？

古井同學，妳究竟在想什麼？

「好了，事情就是這樣，我們快點來分房間吧。對了，公平起見，用猜拳來決定吧。所有人都一定要出拳喔，一定要！」

古井同學緊盯著我們每一個人的眼睛說道。

這下完全逃不掉了啊……竟然真的要這麼做。看來我註定要跟她們其中一人度過一夜了。

一夜……兩人獨處。

啊啊啊啊啊啊啊啊！夠了！不准胡思亂想！

一旦開始想像就完蛋了！沒錯，這單純是個突發性的事件，不能怪我。

冷靜點吧……確實是很令人緊張，但事情已經變成這樣就無可奈何了。

現在胡亂拒絕也不恰當，再說雛海和友里看起來都是鬥志高昂的模樣。

我一個男人在這時候退縮就太沒出息了。

她們兩人也是為了避免跟我住同一間才會拚盡全力猜拳。

儘管放馬過來吧！任何難關我都會跨越過去！

「那就開始猜拳吧，預備～」

第十五話
分房間

古井同學說完之後，我們便齊聲喊道：

「「「「剪刀！石頭！布！」」」」

第十六話 夜晚

「搞什麼？為什麼我的室友是你啊？要察言觀色啊，這個蠢蛋。」

「太不講理了吧！畢竟這可是猜拳耶！不要對我抱怨啦！更何況是古井同學妳自己說公平起見要猜拳的吧！」

「吐槽也太長一串了吧？我知道了啦。」

來到爸爸經營的旅館住宿，並分好了房間……

不料我的室友竟然是這個渺小的傢伙，無論有幾個「超級」都不足以形容的木頭男……

糟透了……怎麼會跟我同一間？機率是三分之一吧……？

為什麼完美避開了那兩個人啊？

「唉……但因為是古井同學，我稍微放心了。依照我對妳的了解，應該不會發生什麼問題才對。」

我的僕人——涼儘管坐在床上跟我嘔氣，但不管怎麼說，他對現狀還算是滿意。

吃完晚餐後，我們立刻去浴室沖澡，接下來就要睡覺了。

不過，懷抱著這種心情似乎很難入眠。

舉例來說，就像是班上換座位時，最不希望成為鄰座的人跑到鄰座來的感覺。

為什麼偏偏在這種關鍵時刻抽到我啊……

「不過，古井同學妳怎麼突然做出這種提議啊……？本來應該是我自己睡一間才對耶。」

「受不了，你真的很遲鈍耶……遲鈍至極的男人。」

當初的計畫是這樣沒錯。

可是今天在泳池的時候，雛海和友里都很積極地對涼展開攻勢。

友里就是老樣子，但雛海讓我很驚訝。我還是第一次看到她那麼拚命地對男生進攻。

看來她因為不想輸給友里，再加上已經理清對涼的心意，終於踏出了一步。

而友里也察覺到這一點了。為了不輸給對方，今天才會在泳池互相爭奪著涼。

不過，我並沒有加入的意思，只是拿著果汁在一旁看戲而已。

對那兩個人來說，這趟旅行是與涼拉近距離的重點活動。所以身為好友的我，明明想要為她們製造機會──

結果這個男人竟然猜拳猜輸了，跟我住同一間……

沒想到不只是遲鈍，還不會察言觀色。

抽到那兩人的機率是三分之二。明明機率還滿高的，怎麼會是我啊？

運氣用錯地方了吧，這個蠢蛋。

「告訴我啦，古井同學。我仔細想過了，還是想不明白……」

「你是說真的嗎？這個木頭男。」

「什麼木頭男啦……有必要說成這樣嗎，古井同學？」

涼看起來心情有點低落，繼續說道：

「說要猜拳的時候，她們兩人突然都充滿了鬥志。我就在猜，她們可能都非常不想跟我住同一間。」

這男人……怎麼在這種時候變得這麼消極啊？

涼大概很少遇到女生喜歡他。再加上雛海和友里不只是全年級，甚至放眼全校也是數一數二的美少女。運動會的時候也很多人來搭訕。

也就是說，他覺得自己不可能配得上那麼頂級的美少女。

真是傻眼。你那天……

不是在所有人都盡全力逃跑的時候捨命去救雛海，成為了英雄嗎？

事到如今，怎麼還會在戀愛方面表現得這麼膽小？

「你真的很遲鈍耶。竟然沒察覺到那兩人的心意，實在很沒用，唉……」

「咦，妳這話什麼意思……妳果然知道友里和雛海的一些情況吧？」

「就算知道也不告訴你，用自己的腦袋好好思考吧。」

「咦？我想不出來啦……」

「那你就回想今天發生的事，思考一下吧。」

我說完，涼就「唔……」地思索了一會兒。

經過短暫沉默後，他不太有自信地嘀咕道：

「她們兩人今天好像特別常跟我肢體接觸……」

哦？能察覺到這一點算不錯了吧。

典型的輕小說主角連這一點都察覺不到，涼還沒有那麼扯。

涼依然帶著不太有自信的表情，小聲說道：

「總覺得，雖然我說這種話很不恰當，可能是自我意識過剩……」

「嗯。」

「那兩個人是不是對我……不、不不不！這不可能吧！果然是我想太多了！怎麼可能會有女生喜歡我啊……」

確實如同我的猜測。他在戀愛方面沒有自信，所以察覺不到別人對自己有好感。

不對，他有察覺到好感，但沒有坦然接受，而是用自己的方式胡亂曲解別人的心意。

唉，如果喜歡雛海或友里其中一人的話，那就趕快上啊。

現在只能由我來點醒他了。

我做了一個深呼吸後，認真地注視著涼的眼睛。

「聽好了，不管是面對戀愛還是其他方面的事，你都不要貶低自己。任何人當然都有優點。而那個優點多多少少會吸引別人產生好感。所以，你不要再抱著『我這種人……』的想法了。你也是有優點的啊。」

如果不說到這個地步，這個沒骨氣的傢伙八成不會醒悟。

你不只是擊退了隨機殺人魔，還一直守護著雛海及身邊的好友。

不會太過驕傲自滿，不管是誰遇到困難，你都會出手相助。

那兩個人就是愛上你這些別人身上沒有的優點，所以拿出更多自信來吧。

「我、我也有……優點嗎？」

「對，話說你的身體怎麼抖得那麼厲害？難道會冷嗎？要不要調高冷氣的溫度？」

我準備去拿冷氣遙控器的時候，涼就搖了搖頭。

「不、不是，我不冷。只是沒想到古井同學妳會說出這番話。」

什麼，竟然是這個……他是因為這種事而感動到渾身顫抖……不過，回想我以往的言行，他的反應也很正常。

「我的優點是什麼？」

「我才不告訴你，不然你會得意忘形。」

「咦～求求妳了，古井同學！」

「不行！」

我撇過頭，對雙手合十央求我的涼表示拒絕。

我怎麼可能老實告訴他，而且還是在這種兩人獨處的空間裡？

「不過很謝謝妳，古井同學。我好像能拿出多一點自信了。」

「是嗎？那就好。對了……」

「嗯？」

「如果有人對你抱有好感，你會怎麼做？」

我這麼一問，涼便垂下頭沉默不語。但我無視他的反應，繼續問：

「如果有人跟你告白，你會怎麼做……？要是對方長得滿可愛的話，你會答應嗎？」

「不，我絕對不會這麼做。」

我話音剛落，涼就抬起頭，認真地如此回道。

「儘管會很高興，但不能看外表來決定。我想要仔細了解個性和對方的人品後再做決定。」

「是嗎？說得很好嘛。」

「我跟草柳不一樣，不是只要長得可愛就來者不拒。再說……」

「再說？」

「雖然我還沒有理清自己的想法，但有個人讓我很在意。所以，那個……」

「原來如此。不管跟你告白的人多可愛，你還是會將自己在意的人擺在第一位嗎？」

「嗯。」

遲鈍歸遲鈍，還是很有原則嘛。這一點我發自內心感到敬佩。

畢竟，這個世上有很多男人只要對方的長相符合喜好就會答應交往。

「順便問一下，你在意的那個人是……？」

「我、我不會告訴妳的！妳知道的話一定會插手干預！」

「喔，這樣啊。我說不定會幫你耶？」

「那、那是很可惜……但我還沒有釐清自己的想法，所以還不能告訴妳。」

「是喔？」

我猜那個「在意的人」，應該是雛海和友里其中之一。

不過，就算是我也不知道他指的是哪一個。

從今天的行為舉止來看，他跟雛海說話時嘴角上揚的次數比較多，只是還欠缺決定性因素。

他也有可能單純是在友里面前會緊張到說不好話而已。

「你就好好努力吧。我姑且會幫你加油的，姑且喔。」

「竟然是姑且啊……」

「對。那麼晚安，我要睡了。」

「知道了。畢竟已經晚上十一點了嘛。」

「是啊。啊，對了，我忘了說一件事！……」

「嗯，怎麼了？」

「要是你敢趁我睡覺的時候碰我一根寒毛，我就〇了你。」

「遵、遵命——————！」

涼瑟縮了起來，我則在他旁邊的床上躺平閉眼。

我現在毫無防備，就算被男人毛手毛腳也不奇怪。但是，我自然而然地放鬆下來了。

畢竟隔壁床上的那個男人……

比任何人都值得信賴，我很清楚他不會對我做什麼。

夜晚

◇

「竟然是我和雛海同一間房啊～有點出乎意料了呢～」
「嗯，我也有一點吃驚。」
分房間時，我和友里分到同一間，我們正躺在床上聊天。
換作平常的話，能跟友里單獨相處會讓我很開心……
現在卻有一點尷尬。
友里是我的情敵，今天也發生了很多衝突。雖然沒有吵架，但一直在爭奪涼。所以，我們兩人之間瀰漫著些許尷尬的氣氛。
「唉～好累喔～真期待明天的慶典呢～」
「就、就是說呀，友里……」
我的語氣比平時還要低落。
唔唔，怎麼辦？本來開開心心的旅行卻……
當我一個人陷入煩惱之際，友里轉過身來，目不轉睛地凝視著我。
「雛海，妳該不會是因為跟我住同一間而覺得有點尷尬吧？」

友里這句話讓我的身體不自覺地顫抖一下。

心裡不由得一慌，什麼話都說不出來。

我感到忸怩不安，但友里見狀，開朗地笑了笑。

「我也是啊。坦白說，我覺得有點尷尬。之前也說過了，我喜歡涼。而這一點，雛海妳也是一樣的。儘管我們是情敵，玩樂的時候還是一起盡情享受吧，好嗎？」

「友、友里……」

聽到她這麼說，我的內心恢復了平靜。

本來一直在鑽牛角尖，但眼前的摯友溫柔地向我說了這番話。

因此……我也要放下自尊，敞開心扉才行。

「謝謝妳，友里。真是抱歉，我有點陷入糾結了。」

「不會啊！完全沒關係！放心吧～！啊，對了！要不要來聊聊涼的優點？」

「優點？」

「沒錯！我們喜歡同一個人嘛，那就在睡前跟彼此分享一下喜歡他哪些地方吧！」

「嗯！好呀！來大聊特聊吧！」

「沒問題！那我先開始喔～」

先從友里開始細數小涼的優點。

小時候，他給了她想要改變的動機。

他保護過她的生命。

遇到有困難的人，他絕對會出手相助。

既溫柔又靠得住。

無論做了多少好事，他都不會賣弄炫耀，一直默默地在背後幫助他人。

友里熱烈地細細訴說著每一個優點。

我再次發現，友里喜歡小涼的那些地方跟我是一致的。

「就是說嘛！涼那傢伙雖然會下意識地幫助他人，卻遲遲沒有發現我們對他有意思呢～」

「嗯嗯！可是扣掉這一點還是很帥，會忍不住愈來愈喜歡他呢！」

「哎呀～我非常懂妳的心情～雛海妳喜歡上他的關鍵是什麼？」

「咦？我嗎……？那、那個……我遇到困難的時候，他總是會伸出援手。還有就是不知道為什麼，看著小涼的背影，我就會感到很安心……心窩會變得暖暖的。」

我將手輕輕放在胸前，回憶與小涼相遇之初，以及目前為止經歷過的無數遭遇。

第一次見面，記得是他帶迷路的小女孩來教職員室的時候。

在那之後，我們不僅同班，教室裡的座位也在隔壁。逐漸拉近彼此的距離。

當我瞞著大家獨自一人吃便當時，小涼也將這個情況告訴友里和古古，解決了我的困境。

被流氓纏上時，他擋在我面前替我解圍。

我被跟蹤狂盯上時，他也一直陪伴在我身邊。

這樣的涼，讓我……

喜歡得不得了。

「我懂～那個濫好人真的一天到晚都在幫助別人呢～雛海，或許有一天妳會知道涼的真實身分，到時候妳可要好好接納下來喔……？」

「咦？真實身分？什麼意思？」

「啊！不，沒什麼啦～！妳別在意！」

我不禁反問回去，友里就骨碌碌地轉動眼珠子，像是想要隱瞞什麼似的拚命搪塞過去。

真實身分……？友里究竟在說什麼……？

唔，怎麼想也想不明白。友里是基於什麼目的才說出那番話的呢？

「不過呢，我有點放心了。我現在知道雛海妳是真心喜歡涼的。雖然彼此是情敵，但心情變得比較平靜了一點。如果是雛海的話，就算輸了也沒關係。」

恢復平靜的友里，露出認真但又充滿溫柔的眼神看著我。

「嗯，我也是喔，友里。我們一起加油吧……！真希望可以在明天的慶典一口氣拉近距離呢。」

「嗯！加油吧！我可不會輸喔！」

「我當然也是！那時間差不多了，睡覺吧。熬夜是美容的大敵。」

「說得也是。友里，晚安。還有謝謝妳陪我聊天，我很開心喔。」

「我也是啊，雛海。晚安，我的摯友……」

最後說完這句話，我們兩人便輕輕閉上眼睛。

雖然我和友里是情敵，但依舊坦誠地互訴真心話。我們都明白了彼此有多喜歡小涼。

儘管是情敵，然而……能夠暢談心上人的事情還是非常快樂呢……

第十七話 慶典

我們上午跟昨天一樣在泳池度過，下午稍作休息。接著，終於到慶典的時間了。

將大型行李寄回各自家裡之後，我們便辦理退房，就這樣徒步前往慶典的會場。

距離旅館並沒有多遠，我們四人邊走邊閒聊，一下子就抵達了。四面環山的神社就是今天慶典的中心。

空間寬闊到似乎能夠容納上百輛車子，到處都是成排的攤販。人潮絡繹不絕，從在地人到外國人都有。

有章魚燒、炒麵和射擊遊戲，連撈金魚都有。

上國中之後，我就很少參加慶典了，所以覺得滿懷念的。

「哇喔喔喔喔～！快看快看！慶典已經開始了耶！看起來真的好好玩喔！我們快走吧！」

攤販飄來陣陣香味，友里的心情一口氣提振起來。她整個人興奮得靜不下來，當場蹦蹦跳跳地踩起小跳步，看起來立刻就要往會場直衝而去。

「是是是，友里妳先等一下。這裡人很多，大家最好一起行動。」

「哎呀～可是小古井！看到這樣都會興奮到不行吧！還得拍很多照片呢！大家快走吧！」

「是是是。」

古井同學一如既往地冷靜，她跟在友里後面走向攤販。我和雛海也跟上她們的腳步。

擁擠的人潮導致不太好走，但還在忍受範圍之內。

「！」

就在此時。

背後有一道令人不快的視線……有個人似乎正在觀察我們……

我忍不住轉過頭去，不過沒有發現任何可疑人物或是在跟蹤我們的人。

是、是錯覺嗎？但剛才的確有感覺到視線啊……？

「嗯？小涼你怎麼看著後面？」

「咦？哦，沒什麼，只是覺得人滿多的。」

「對呀，人真的好多喔，沒想到會擠成這樣。」

雛海走在我旁邊，對周遭的龐大人潮有些退怯。她似乎沒有發現，或許是我的錯覺吧。

「嗯，就是說啊。我們住的旅館不是在附近嗎？住那邊的人應該也都跑來這裡了吧？就像現在的我們一樣。」

「這樣啊，不只是在地人，可能還來了大批的觀光客。我們要小心別走散了。」

「好。我是不用擔心啦，但雛海妳少根筋，搞不好等一下就迷路嘍～？」

「我、我才不會迷路呢！我可是個成熟穩重的大姊姊！」

「是嗎～？我覺得妳一定會迷路耶。」

「真是的！不要捉弄我啦！我已經是高中生了耶！」

雛海生氣地朝我鼓起臉頰。

老實說，雛海生氣的表情一點都不可怕。就算她在生氣，看起來還是很可愛，所以不會令人害怕。相較起來，古井同學還比較嚇人。

「抱歉啦。來約定集合地點吧，這樣就不怕走失了。」

「集合地點？」

「嗯，以防手機沒電，沒辦法聯絡其他人的時候還是可以順利會合。啊，對了，要是在放煙火前走失的話，就在那座山的山腰集合吧。」

我指著神社旁邊的高山。

「那座山的山腰？」

「對，在旅館辦退房的時候，櫃檯的人有告訴我一個賞景地點。聽說那座山的山腰有個祕境。」

「我都不知道還有那樣的祕境耶。那我們四個賞煙火的時候就不怕被別人打擾了呢！」

「對啊！要是在放煙火前走失就去山腰；煙火已經結束的話，就在神社入口集合吧。」

「嗯！是說，我又不會迷路，你不需要一再叮嚀啦！」

「抱歉抱歉。」

雛海露出比剛才更不高興的表情，但依舊可愛得不得了。

一點也不可怕，反倒令人怦然心動。就算她是真的在生氣，還是很可愛呢。

在那之後，我們一一逛了慶典的攤販。

友里主要都在大吃特吃，買到炒麵後，她只花三分鐘就吃完了。

三分鐘後同一個客人又來買炒麵，老闆當時的震驚臉還滿好笑的。

在撈金魚的攤位，古井同學輕輕鬆鬆就撈起十隻左右，還拿到獎品。

至於雛海的話，她和友里及古井同學一起享受著慶典，並對棉花糖著迷不已。

她買了比自己的臉還要大的棉花糖，一臉幸福地一口接一口吃著。

看到她們三人在慶典玩得非常開心，連我的心情也雀躍了起來。

「啊，有蘋果糖耶……」

跟她們三人走著走著，蘋果糖的攤位就映入眼簾。還想說有股淡淡的甜香，原來是蘋果糖啊。

我將手伸進口袋，準備拿出錢包之際——

「……沒有。咦，奇怪？錢、錢包……！不見了！」

我的身體一口氣爆出冷汗。

我、我的口袋裡沒有錢包！不會吧！難道是被扒走了嗎？

我摸遍全身上下確認有沒有錢包。然而，果然哪裡都沒有。

「嗯？涼你怎麼了？」

友里嚼著章魚燒，發現我不太對勁便如此問道。

「糟糕……錢包不見了。」

「「「咦咦？」」」

聽到我這麼說，三人異口同聲喊道。

「最後一次看到錢包是什麼時候？」

「最後一次碰錢包應該是在離開旅館前。我記得自己有在自動販賣機買果汁。」

我說完，古井同學立刻拿出手機撥打電話。

「喂？我是古井小春，有一件事想要詢問……」

古井同學就這樣和某個人講了一會兒電話。對話不到一分鐘就結束，她將手機移開耳邊，安心似的呼出了一口氣。

「說是送到旅館櫃檯了，好像是掉在走廊上的樣子。」

「真、真的嗎！謝謝妳，古井同學！」

古井同學剛才似乎是打電話給我們先前住宿的旅館。

她確認了一下旅館有沒有收到遺失物——錢包。

「不用謝我，去感謝旅館的人吧。好了，距離這裡也沒多遠，你快去拿吧。」

「好！我去拿錢包，妳們先自己逛吧。我回來之後會打電話的。」

「ＯＫ～！路上小心～！放煙火前一定要回來喔～」

吃完章魚燒的友里朝我眨了眨眼。

因為她吃得很急，臉頰上沾到一點醬汁，但反而展現出少根筋的一面，令人覺得很可愛，真是的。

「那我暫離一下，晚點見！」

「嗯，小涼路上小心喔！」

雛海揮了揮手，我便轉身背對她們三人，拔腿朝旅館一口氣衝過去。

這裡離旅館沒有多遠，應該很快就能回來了。

◇

小涼回去旅館後，過了十分鐘左右——

我、古古和友里三個人繼續逛著感興趣的攤販。

「真好喝～來慶典果然就是要喝彈珠汽水呢～！呼～這個清爽的滋味好令人懷念喔～很有夏天的感覺呢。」

友里大口將瓶子裡的彈珠汽水一飲而盡。明、明明是汽水，能一口氣喝光真是太、太厲害了……

「友里妳會不會喝太快了？這樣猛吃猛喝的話，小心弄壞肚子喔？」

「沒事沒事！完全不用擔心我～！我的胃可是很強壯的～」

「既然妳這麼說，那就算了……但錢也不能花得太凶喔。我們之中就妳花最多錢。」

「我會注意的！古井學姊！」

友里說完，接著又看向其他攤販，直接興奮地跑了過去。

我和古古也完全被友里牽著鼻子走，不情不願地跟上她的腳步。

第十七話

慶典

我們走在擁擠人潮之中，這時——

「呀啊！」

背後有人推了我一把，害我撞到了前面一個身材偏高大的男性。

我想，可能是因為走在人群裡，所以有人不自覺地推到我了。

「那、那個我很抱歉，有人推到我才會不小心撞到你。」

我微微鞠躬道歉後，看向我撞到的那位男性。

對方戴著眼鏡，比一般男性稍微胖一點，頭髮也蓬蓬亂亂的，沒剃乾淨的鬍渣很顯眼。

外表給人的印象不太好，我道完歉後，原本想立刻離開。

「那、那個……妳、妳是九條雛海同學吧……？那位『千年一遇的美少女』……？」

聽到他的聲音，我不禁雙腿一軟，身體同時顫抖起來。

這個聲音……

我不是第一次聽到，而是以前在哪裡聽過。

而且，這個聲音曾經帶給我恐懼至極的感覺。

「耶嘿嘿，總算能夠面對面說話了呢，嘻嘻嘻。」

男人面露令人毛骨悚然的笑容。剛才那句話，以及這個聲音。

天啊，該怎麼辦……他為什麼會出現在這裡？

為什麼會知道我現在人在這裡？

他散發出的氣場，跟在購物中心遇到的粉絲明顯有差。整個人的氛圍不同。

注視著我的那雙眼睛，充滿了下流的感覺。

錯不了的。這個人……

就是纏著我的跟蹤狂。

第十八話

再陷危機

「呼、呼、呼……我得趕緊回到慶典才行。」

在旅館領回錢包後，我連忙前往慶典會場。因為正值夏天，才跑一會兒就流了不少汗。

悶熱的天氣讓我很想喝水，但也沒資格抱怨。弄丟錢包是我自己不好。

必須儘快跟雛海她們會合。

就在此時——

放在我口袋裡的手機傳出來電鈴聲。確認來電者後，發現是古井同學。

反正她八成是要說「動作快點啦，這個蠢蛋！」之類的吧。我暫停腳步，接起電話。

「喂？是我，我正要跑——」

「你目前人在哪？還要多久才能回來這邊？」

話說到一半，聽到古井同學那一反常態的著急語氣，我不由得閉上了嘴。

咦，她怎麼這麼慌張……？古井同學平時可不會這樣吧……？

「發、發生什麼事了，古井同學？」

「因為……雛海不見了！不管怎麼找就是找不到她！」

「……咦？」

我僵在原地，立刻意識到雛海不是單純走失而已。

萬一，我是說萬一，雛海失蹤和那個跟蹤狂有關的話……

「古、古井同學！再說得詳細一點！」

「我知道。跟你分開後，我們本來隨便逛著攤販，結果背後突然傳來雛海的尖叫聲。我一回頭，就看到一個高大的男人站在雛海面前……然後雛海可能是驚慌失措，不知道跑去哪裡了。我想追上她，可是在人群中很難追得上，一下子就失去蹤影了。」

「電話呢……？」

「行不通，她不接。可能是拚命在逃跑吧。」

「古井同學，妳和友里先回神社入口等著吧。我在那裡跟妳們會合，然後立刻去找雛海。我再幾分鐘就到了。」

「我知道了，我會帶著友里一起過去。」

掛斷電話後，我邁開原本停下的雙腿全力奔跑，一個勁地瘋狂向前衝刺。

不妙，這下很不妙啊！雛海現在落單了！就算遭到那個該死的跟蹤狂襲擊也不奇怪啊！

真的出大事了！

第十八話

再陷危機

為什麼會出現在這裡啊！我們又沒告訴身邊的人，也沒有在網路上發文。

然而，他為什麼會知道？

唉，不行，怎麼想也想不明白。但我現在該做的事情不是思考吧。

我必須立刻趕到雛海身邊才行！

跑了幾分鐘後，我抵達神社的入口。古井同學和友里站在鳥居旁邊，我跑過去找她們。

「古井同學、友里！」

我一喊，她們兩個就轉頭看了過來。

「雛海呢？」

「不知道……來這裡的路上也找過了，但還是沒有找到……」

古井同學露出陰鬱的表情，咬住大拇指的指甲，一臉懊悔地這麼說道。

「對方是透過某種手段掌握到雛海要來這裡的事情。但到底是怎麼辦到的……我實在沒想到他會出現在旅行的地點，好不甘心……」

「再想下去也無濟於事，我們分頭去找吧。古井同學先打電話報警，然後在這裡待命；我和友里去找雛海。」

「我、我知道了，涼！剛才從小古井那邊聽說了，竟然有跟蹤狂纏著雛海，真是令人震驚……我完全沒有發現。」

「別放在心上，友里。比起那個……很抱歉瞞著妳。因為不想讓狀況變得太混亂，本來是打算由我和古井同學來解決這件事的，但現在連友里都捲進來了。」

我們對友里隱瞞了跟蹤狂的事情，但如今這種局面也沒辦法再隱瞞下去了。所以在我來之前，古井同學應該就已經將跟蹤狂的事情告訴友里了。

「也對，這樣比較好。我身材嬌小，獨自去救雛海也幫不上任何忙，我就在這裡等警察過來吧。友里，涼，雛海就麻煩你們了。警察一來我會立刻跟你們會合，要隨時注意手機喔。」

「「好。」」

我和友里再度往慶典攤販那邊過去。

我們一跑起來，古井同學就用手機打給警察。

◇

「不行。可惡，人太多了，完全找不到。到底跑去哪裡了啊？雛海！」

跟古井同學分開後，我們拚命在神社裡尋找，但來慶典的人潮眾多，沒辦法輕易找到雛海。

再過一陣子，慶典的主軸——煙火秀就要開始了。所以在我回旅館的時候，似乎來了不少想看煙火的人。

可惡，還是找不到。

我不斷左顧右盼，但要在茫茫人海中找到雛海本來就很困難。跟雛海有相似髮型及穿著的人很多，這樣一一確認實在沒完沒了。

「怎麼辦，涼……不知道雛海現在人在哪裡……」

友里一臉鬱悶。她從剛才起就打了好幾通電話給雛海，但完全聯絡不上。看來雛海果然很拚命地在逃跑，導致沒空接電話。

「友里，先別打電話了，我們一起專心找雛海吧。」

「說得也是，但人這麼多，要找到雛海可沒那麼簡單……」

「她應該在這間神社的某個地方，只是這裡很廣闊，人又多。要找到人得花上不少時間。」

「唔唔……早知道會這樣，就該事先約定好走散時的會合地點。實在沒想到會發生這種事……」

聽到友里這麼說，我便靈機一動。偶然間的一句話，讓我腦中出現了一絲希望。

「也是……我想起來了。她說不定會在那裡！友里！妳繼續在神社裡找人……！要是找到雛海的話，一定要打電話給我！我要去那座山的山腰。之前我跟雛海說走散時可以去那裡會合，她可能就在那裡！」

「知、知道了！我會跟小古井說一聲的！」

「拜託了！要等著我啊！雛海！我一定會去救妳的……！」

我雙腳使勁，準備奔向山上之際——

「等、等一下，涼！」

友里緊緊抓住我的手，讓我停下來。

妳是怎麼了，友里……？

◇

我當然知道這種時候不該攔下涼。

也知道雛海現在陷入危機，涼必須趕快去救她。

可是，涼這時候離開的話……

一定就再也不會回來了。

回不到以往的日常。他順利救出雛海之後，兩人就會……

會變成這樣的可能性很高。我覺得一定會是這樣，因為我很清楚自己早就輸了。

涼應該還沒有察覺到自己喜歡上雛海了。即使如此……

看到那麼認真的眼神，我就知道他已經喜歡上雛海了。

結果是我輸了啊……

但沒關係，畢竟對象是雛海，雖然我很羨慕，不過也想給予支持。

所以……

「那個……涼，你去救雛海前，可以讓我問個問題嗎？」

「怎麼了？偏偏挑這種時候。」

涼的臉上浮現一絲焦躁。真是對不起……

「涼你……是作為英雄去救她嗎……？還是因為喜歡才要去救她呢……？」

「咦？這是什麼意思……？」

英雄。

我說出這個字眼時，涼的眼神一變。

那個眼神，像是被揭穿了不能暴露出去的事實而感到震驚，並且充滿慌亂。

涼一直執意隱瞞自己曾經從隨機殺人魔手中救過雛海的事情。

我不曉得他有什麼苦衷才要隱瞞。他恐怕只有告訴小古井吧。

因為這樣，他才不敢相信我會說出「英雄」這兩個字。

發現涼的真實身分是不久前的事。我是在運動會當天知道的。

偶然聽到涼和小古井的對話，這才得知他的真實身分。

雖然一直閉口不提，但我今天……

想要向他坦承埋藏至今的心意。不要再隱瞞下去了。

「對不起，涼。那個……我其實……」

我認真地注視著涼的眼睛，一股腦地說道：

「運動會的時候，我不小心聽到你和小古井的對話了。我本來沒打算偷聽的，但還是被你們的對話內容嚇到，然後就一直隱瞞到現在……對不起。」

「那、那麼……妳果然知道我的真實身分嗎……？」

「嗯。」

我點了點頭。

「所以我才想這麼問。你是要作為當時拯救雛海的英雄，再一次去救她嗎……？還是因為喜歡雛海才要去救她呢？」

「英雄……因為喜歡……嗎？」

聽到我的問題，涼不禁沉默下來。他思索了一會兒，不太有自信地回答：

「我、我只是作為一個朋友……」

「不是吧，涼？」

我這麼一說，涼就震顫了一下。

簡直像是被針戳中痛處一樣。

「涼……其實，我非常喜歡你，比至今遇過的任何人都還要喜歡。所以我想知道你的真實想法。你是怎麼看待雛海的……？」

「友、友里妳喜歡我嗎……？」

「嗯！雖然你完全沒有發現，但我好歹也是很拚命地一直在向你示好喔？」

我一告白，涼的臉龐就唰地變燙，連耳朵都通紅不已。

從來沒聽說涼以前有跟誰交往過。

我猜自己應該是第一個跟他告白的人。

正因為不習慣面對這種事，我的心意才會讓他的身體受到過度刺激吧。

「真、真的假的啊……我完全沒發現……不，我是有猜到一點，但實在沒想到妳會跟我告白……」

「涼……你有時候會變得莫名消極呢……不過我說喜歡你的事情是真的喔？所以我想問，你是怎麼看待雛海的？」

「為、為什麼會提到雛海？」

「畢竟你滿腦子只想著要保護雛海嘛。隨機殺人魔出現的時候也是。回想過去到現在，你一直在保護雛海。運動會的時候也是，現在也是。雖然有部分應該是因為你們是朋友，但我在旁邊看著，就冒出了一個想法。」

我深呼吸一下，望著逐漸從晚霞的色彩轉變為夜色的天空，說道：

「你一定是喜歡著雛海的吧。」

「…………！」

聽到我這麼說，涼眼睛瞪得老大，但嘴巴依然緊閉著。或許應該說，他慌亂得說不出話來才對。

「所以我想問，你現在是作為英雄去救她？還是因為她是你喜歡的人呢？」

「……我、我……」

涼陷入苦思。

在他認真思索之際，我輕輕握住他的手。他的體溫和骨骼明顯、充滿安全感的大手觸感傳遞到腦中。

「我喜歡涼，所以你不要抱著『雛海不可能喜歡我』或『我這種人……』之類的想法，將你的真心話告訴我……畢竟我可是鼓起勇氣告白了，希望你能說出真實的想法……」

唉，不行了。自己說出這種話，感覺淚水都要湧出來了。

我很清楚。涼的那種眼神，並不是要作為英雄去救雛海……

而是因為雛海是他喜歡且珍視的人，才會想要立刻趕去救她。

很輕易就看得出來那對眼神正如此訴說著。我一定會被甩掉，贏不了雛海。

可是，就算這樣也無所謂。

只要兩人能表明心意，順利發展成情侶就好。

雖然會輸，但雛海是我非常重要的摯友。

我的摯友和我喜歡的人兩情相悅，我做不出從中阻撓的事情。

我死命地忍住快湧出的淚水，用濕潤的眼眸凝視著涼。

涼看著我的眼睛半晌，然後在深呼吸之後，轉變為像是下定某種決心的表情。

「我……我……」

「嗯。」

「我喜歡雛海。從以前到現在一直在她身邊保護著她。雖然一開始躲躲藏藏地避免暴露真實身分，但我最近開始轉念了。待在雛海身邊就會感到很安心。無論何時，只要她感到難受，我就想陪伴在她身邊給予支持。既然如此，我一定是……」

「嗯。」

「我一定是喜歡雛海，深深地喜歡著她。所以我並不是要作為英雄，而是要以一個男人的身分去拯救她……！」

涼平靜但鏗鏘有力地如此說道。

太好了。他終於察覺到自己的心意……

到頭來我還是被甩了。但不知道為什麼……

傷心的同時，卻也鬆了口氣。

這一定是涼已經明瞭自己的心意，並直截了當地告訴我的關係吧。

縱使被甩掉的悲傷讓我很難過，但喜歡的人與摯友情投意合的事實，令我安心了下來。

「這樣啊……謝謝你，涼。雖然我被你甩了，但我依然不後悔喜歡上你喔？」

「友里……真的很抱歉。」

「不要道歉啦～！我沒事的！你看，我好得很啊！」

為了讓涼安心，我嘻嘻一笑。

就算他可能已經發現我是強顏歡笑，我還是努力揚起嘴角，好讓他安心。

「你別在意我，要好好向雛海表明心意，知道嗎？還、還有明天之後也要像以往一樣相處喔。雖然我告白後被甩了，但希望你能照常找我聊天。」

「嗯，我知道了，友里。我會像以往一樣找妳聊天，不會刻意躲妳的。」

「謝謝你，涼。」

「嗯，我才要謝謝妳，友里。我理清了自己的想法，感覺舒暢多了。」

「這樣啊！太好了……！抱歉，突然在這種時候問這些，但我就是想確認清楚。」

「不，沒關係，友里。我會全力衝刺到雛海身邊的！」

「知道了！你一定要保護好雛海喔！」

「好！」

涼轉身背對我，準備跑走之際——

我發現最後忘了說一件事，便又握住涼的手。

「咦？怎麼了？」

涼回頭問道。我再次以認真的眼神注視著他。

「涼，最後還有一件事。」

「妳、妳說。」

「我不知道以前發生過什麼事，也不知道你為什麼要隱瞞自己是英雄。可是，你做的事情很了不起，那不是任何人都做得到的。所以你可以自豪一點。或許你只是因為以前發生過什麼才沒有自報身分。雖然我不清楚詳情，但你要捨棄『我這種人怎麼有資格當英雄』這種念頭，知道嗎？你是貨真價實的英雄……」

我完全不知道涼對雛海隱瞞真實身分的真正原因。

不過，一定是有什麼內情才會隱瞞。雖然只是我的直覺，但應該是發生過令他內疚的事吧。

一般來說，這種事很值得跟別人炫耀，涼卻不知為何只告訴小古井一人。

明明受到社會大眾那麼多的讚美及認可，他依然不願意自報身分，這就表示原因不是單純討厭變有名而已。

所以，即使我並沒有完全理解涼的一切——

我還是想要斬斷涼心中那道枷鎖。

今後涼如果遇到難受或煎熬的事情，在身旁陪伴扶持的應該是雛海。

我或許不該給予過多的關懷。那是雛海的職責。

不過，請容許我斬斷涼心中那道枷鎖吧，雛海。

正因為喜歡他，才想在最後盡一點心力……

「友、友里……」

這次換涼的眼眸氤氳著水霧。

如我所料，他以前一定經歷過什麼。小時候跟我分開之後，他出過一些事。

「今後不管發生什麼事，你都是貨真價實的英雄喔？所以不可以再糾結了，不要被困在過去，好嗎？我們打勾勾。」

我伸出小指，涼也伸出小指，就這樣互相勾住。

「嗯，謝謝妳，友里・真的很謝謝妳。」

「沒事的，涼！好了好了！快點去找雛海吧～！」

「好！我一定會保護她的！」

涼轉身背對我，這次真的直接往山上跑過去了。

涼的背影，那個寬厚的背影……變得愈來愈小。

我們之間的距離愈拉愈遠，而且大概再也不會縮短了。

涼的一顆心朝雛海飛去，想必也不會有回來的那一天……

唉，本來還以為可以跟喜歡的人一起看今年的煙火呢。

今年也孤單一人啊……

反正還有明年，我一定也會遇到一段美好的戀情。

雛海，涼，你們兩個要加油喔。我能做的只有這些而已。

「好，雛海有可能還在這間神社裡面，繼續到處找找看吧……！」

我也不能一直停在原地。

我轉身背對涼離去的方向，就這樣邁開雙腿。

我也得去找雛海才行。

然後，必須找到另一條屬於自己的戀愛之路……

「拜拜，涼。」

淚水一點一滴地湧出。然而，我依然朝向前方，筆直地踏出步伐。

在地鐵拯救美少女後
默默離去的我，
成了舉國知名的英雄。

第十九話　我會再去救妳一次……

我拚命地在山上奔跑，一路衝向山腰。

一邊聽著四面八方傳來的蟲鳴，我一邊回想剛才的對話。

沒想到友里真的喜歡我……雖然隱隱有察覺到，但我並不確定。

友里身材好、個性開朗，而且又長得超可愛。那種美少女竟然會向我告白，實在難以置信……

不過，多虧友里的告白我才能醒悟……

內心一直有股異樣感。

只有跟雛海在一起的時候才會覺得很放鬆，自然而然地想一直待在她身邊。雛海陷入危機時，無論如何我都要去救她。

我感覺到一種不同於其他人的情感。

現在終於真相大白了。

我……喜歡雛海。深深喜歡著她。

因此，我傾盡一切手段也要保護她不受跟蹤狂傷害。無論如何都要救她。

然後，我要表明自己的心意……！

友里，謝謝妳……如果沒遇到雛海的話，我一定早就喜歡上友里了。

絕對不能白費友里的好意。我真的交到了很好的朋友。

我不知道雛海對我抱有什麼想法。

但是，我要清楚明白地告訴她——我喜歡她。

這跟我是當時拯救她的英雄沒有關係，就是作為一個男人喜歡著她。

我卯足全力地順著山路往上衝，朝著山腰拚命擺動雙腿。

跑得大汗淋漓，喉嚨渴到不行，但我絲毫不在意。

現在必須儘快趕到雛海身邊才行……！

◇

「為、為什麼要逃離我呢……雛海！」

「別、別過來……！拜託你了，不要靠近我……！」

小涼回去拿不小心掉在旅館的錢包時，跟蹤狂突然出現在我面前。

對方的呼吸從剛才起就異常急促，不知道是不是整個人很亢奮的緣故，瞳孔比一般人還要大……

為什麼他會在這裡？他是怎麼知道我在這裡的？

雖然搞不懂的事情很多，但如今這個狀況只能說很令人絕望……

和友里和古古走散，我陷入了恐慌。

即使周遭有人也怕得叫不出聲，只想趕快逃到安全的地方報警，結果不顧一切地逃跑到最後，似乎跑到了山腰處……

山腰有一塊稍大的平地，以及一座瞭望塔。

明明在山上，這裡卻廣闊又漂亮，還看得到夜景，但目前在這裡的只有我和跟蹤狂而已。

跟蹤狂糾纏不休地追著我跑，一路追到了這裡……

山腰是我跟小涼走散時的集合地點。只要來這裡，就有機會等到小涼來救我……

但終究只是有這個可能而已，並不確定小涼真的會來。

電話從剛才就響個不停，只是這種情況下，我實在沒辦法接電話。

怎、怎麼辦……

周遭一個人都沒有。眼前只有一個想對我下手的男人。現在的處境就跟那時候一樣啊……

跟地鐵隨機殺人魔出現的時候一模一樣……

這、這個人打算對我做什麼……？誰來救救我啊……！

我渾身不住顫抖，在內心求救著。

然而，仍舊沒有其他人過來這裡的跡象。

「妳、妳、妳不要怕啦，雛海……我什麼都不會做的……！」

「那、那你為什麼一直緊追著我呢！為什麼？」

「我、我只是避免有壞男人接近妳而已啊……！剛才不就有個不知打哪來的小子跟妳在一起嗎？那傢伙一定是想對妳圖謀不軌的壞人！我、我會在妳身邊保護妳的，跟我走吧！」

「他才不會做那種事！你比他可怕太多了……！」

「妳、妳用不著說成這樣吧……」

男人一邊說著，一邊緩步向我靠近。

我也慢慢退後，但男人還是逐漸縮短與我的距離。

「我、我只是很喜歡妳，想要保護妳而已……看到那個新聞影片後，我就對妳一見鍾情了。在我以往遇過的異性之中，妳是最漂亮可愛的那個……結果卻出現草柳那種傢伙，害我再也忍無可忍。要是有危險的傢伙盯上雛海的話，那、那就由我來保護妳……所、所以……跟我一起生活吧？好不好？過來，妳再不聽話……我真的會生氣喔？」

跟蹤狂朝我伸出右手。

他用駭人的目光死死盯著我，很可怕，像是在威脅一樣。

剛才都在注意他的視線，導致我沒注意到一件事，這個人……

左手正拿著刀具……

刀長至少有二十公分左右的利刃，就這樣緊握在他手上。

天啊，這下完蛋了。我會死在這裡。不、不會有人來救我。

我嚇得發不出聲，不知不覺雙腿失去力氣，當場癱坐在地上。

我的人生要在這裡劃下句點了……我不要，我還不想死……還有很多想做的事情……

那個男學生所救回的這條命，我不想葬送在這種地方。我還沒有將自己的心意好好傳達給小涼，還沒有向他告白。而且，我也還沒有向那個男學生道謝。

然而卻要在這種地方結束生命，我絕對不要這樣……可是，該怎麼做才好……？

僅憑我一人打不贏對方，已經逃不掉了。

「好、好了……跟我一起生活吧。只有我能讓妳獲得幸福。但是，如果妳不聽我的話……知、知道後果吧？耶、耶嘿嘿。」

跟蹤狂露出詭異的笑容，用利刃的尖端對著我。

再度面臨死亡的恐懼，我的眼睛……

不斷地落下淚水。

大顆的淚珠沿著臉頰滾落到地上，在我的腳邊形成一顆又一顆斗大的圓點。

「妳、妳別哭啊。只要乖乖聽我的話，我一定會讓妳幸福的……我只是不想再看到除了我以外的男人出現在妳身邊，只是想要保護妳啊。所以，聽話好嗎？」

男人慢慢接近，我們之間終於剩不到三公尺的距離。

唉，已經不行了……沒人會來救我。可是，可是我不想放棄。

跟友里聊過之後，我才發現自己真的很喜歡小涼。

雖然可能會被甩，但我依然想要將這份心意告訴小涼。

在告訴他之前，我不可以死……說不定還有一線生機……

最後出聲求救看看吧……

我用力抹掉淚水，以顫抖的嘴唇小聲說道：

「小涼……救救我！」

我這麼說完，跟蹤狂的表情倏然一變。他緊皺著眉間，臉上的血管都浮現出來。

「又講那種話……妳只要有我就足夠了吧！妳的身邊不需要除了我以外的男人！讓我們相伴到永遠吧……所以──」

男人狠狠地瞪著我，用力揮起左手的利刃，接著……

「不准喊出那個名字──────！我要懲罰妳──────！」

利刃一口氣揮落而下。

咻！

劃破空氣的聲響刺激著我的耳膜。

唉……一切都結束了……不會有人來救我。

跟蹤狂揮落的利刃彷彿慢動作播放一般，緩緩地、緩緩地靠近我。

沒想到我會再一次體驗到當時的恐懼……這次真的不會有人來救我……我的人生……到此為止了……

我不要。我還沒有跟媽媽、爸爸和妹妹們好好道別，也還沒有為友里和古古做些什麼。

小涼也是，我還沒有將這份心意告訴他啊……

我不要。誰、誰快來……

救救我……

當我在心中如此祈禱之際——

「你這傢伙想對雛海做什麼啊————！」

樹叢那邊突然傳出這道怒吼聲。

聽到這個聲音的瞬間，聽到這句話的瞬間，原本跌落絕望深淵的我，眼前出現了一道希望之光。那個人一邊大吼一邊衝向跟蹤狂，不顧對方手上有利刃，直接揮出右拳朝著臉頰狠狠地痛揍下去。

「嗚啊啊啊啊！」

跟蹤狂發出慘叫聲，就這樣被打飛出去，倒在地上。

「你、你這傢伙……！怎、怎麼會？」

跟蹤狂看到站在我前面的人，口中喃喃說出這句話。

正當跟蹤狂驚愕不已之際——

「真是好險。我一定會阻止那個男人傷害妳的，所以已經沒事了，雛海！」

小涼站在我前面，轉頭向我露出笑容。

一看到那張臉龐，即使前一刻還差點遭到攻擊，我的嘴角依然緩緩揚起。

小涼他……小涼他來救我了……！

雖然剛才嚇得眼淚直流，現在卻開心到自然而然地展露笑容。

與此同時……

「這個背影果然……」

遙遠的記憶一點一滴地逐漸復甦。

第二十話

做個了斷

「呼、呼、呼……好險，總算是趕上了……」

我喘著氣，目光銳利地瞪著打算起身的跟蹤狂。

真的是千鈞一髮。要是再晚一步，天知道雛海現在會是什麼模樣。

雖然不曉得跟蹤狂的身分，但不能再讓他靠近雛海了。

「你、你怎麼會知道這個地方啊……為什麼你知道雛海和我在這裡啊！我可是看得一清二楚！你明明離開神社了！雖然不知道為什麼你會突然走掉，不過確實因此讓我有機可乘！但你怎麼會找過來啊！」

跟蹤狂語氣粗暴，說得口沫橫飛。

那張被我揍過的臉頰變得紅腫，嘴唇滲出一點血絲。

儘管如此，男人依舊用力握著左手的利刃，將刀尖對準我。

「我跟雛海約定過，走散時就來這個地方集合。所以我就抱著賭賭看的心理來這裡找人啊！」

我繼續說道：

「反倒是你為什麼會在這裡……？你是怎麼知道我們在這裡的？我們可沒有告訴任何人啊！」

這傢伙現在怎麼會出現在這裡？

這一點我實在想不通。就算是跟蹤狂，應該也無從得知我們的旅行計畫。

難道是裝了竊聽器嗎？如果是這樣，他是什麼時候裝的？

「呵呵呵！」

跟蹤狂發出有些陰森的邪笑，將右手伸進褲子的口袋裡。接著，他拿出手機，將某個畫面秀給我們看。

「的確，我幾天前還不知道你們去旅行了。不過，多虧這個女生的貼文，我才知道你們要去的地方，連今後的計畫都掌握住了……」

跟蹤狂秀給我們看的畫面，是某個人的X帳號。

我看一下帳號名稱……只見「友里」兩個字清晰地顯示在畫面上。

順便看了眼貼文內容後，那是我們四人進入泳池時的照片和旅館的模樣，還有提到慶典的事情。

「為了掌握雛海的行動，我可是鉅細靡遺地檢查過妳的社群內容喔。妳看，跟隨者裡的這個叫友里的女生，一直在發文講旅行的事情，還附上照片。之前的購物中心也是。雛海，放暑假前有男同學約妳出去玩吧？但妳那天要買東西所以拒絕了。那個約妳的男生在社群上哀嘆過這件事呢，所以我才知道妳週六會去購物中心。不過那時候人很多，而且妳們一直是兩人一起行動，我在途中就放棄回家了。」

我不由得咬緊嘴唇。

這傢伙，腦筋比我想像的還要好……！

他是查過雛海跟隨的帳號才找到友里的吧。

友里直到不久前都不知道跟蹤狂的事情，所以在社群上發了很多雛海有入鏡的照片。這傢伙是看到那些照片後掌握住我們的所在地，才會一路跟到這裡啊……！

「你、你太礙事了！雛海身邊有我就夠了！給、給我消失吧！」

男人儘管微微顫抖著，還是用刀尖對準我一步一步靠近。

「不、不准再汙染我的天使了！雛海是屬於我一人的！」

「你在說什麼啊？雛海才不屬於任何人咧！你不要再加深她的恐懼了！」

「少、少囉嗦！能保護雛海的……能保護她的……」

跟蹤狂這時候垂下頭，停下腳步。在調整過呼吸後，他朝我露出發狂的表情，猛地狂奔而來。

「只有我才能保護雛海！你少礙事！」

男人一邊叫著，一邊朝我舉著利刃靠近。

「小、小涼！危險！」

雛海嚇得動彈不得，她的聲音從背後傳了過來。

別擔心，我不會逃的。逃走的話，背後的雛海會遭到攻擊。

就算是傾盡所有，我也絕對要保護她！

跟蹤狂喘著粗氣，整個人很激動。

他無法冷靜思考。一定是這樣。

既然如此，只要這麼做就行了！

在跟蹤狂逐漸靠近之際，我倏地蹲下身，腿在幾乎貼平地面的狀態下一掃，劃出半圓的弧度。

跟蹤狂來不及應對我突如其來的攻勢，被我用力掃出的腿直接擊中右腳踝。

「嗚哇！」

男人發出這聲驚呼，身體失去平衡，就這樣倒地了。

腰部撞擊到地面後，跟蹤狂咬緊牙關，似乎在忍受痛楚。

我沒有放過這一瞬間的破綻，再次對準跟蹤狂的臉揍下去。

砰！

一聲脆響縈繞於四周的同時，跟蹤狂手中的利刃嗖地飛了出去，掉落在離他有點遠的地方。

「很好，這樣你就沒有武器了。」

我將手指折得喀喀作響，走近跟蹤狂。

只要再揍一下，他應該就再也無法動彈了吧。正當我如此心想之際——

「別、別小看我……！」

跟蹤狂突然大吼著站起身，拿出藏在背上的利刃，緊接著——

「去死吧！」

他朝我直衝過來。

這個跟蹤狂竟然還藏著另一把凶器啊！不行，我躲不掉！太難了！

「小、小涼！不、不會吧……你流血了！」

雛海近乎尖叫的聲音響徹了四周。

在我的腹部一帶，不斷有鮮血滴落至地面。

緩緩落下的血滴，在我腳邊形成鮮紅的圓點。

啊，不妙。簡直痛到不行。

但是……我可不會就這樣被擊倒！

「咦，不可能！竟然徒手接住了？」

沒錯，如同跟蹤狂說的，我以毫釐之差徒手抓住利刃，好不容易避免腹部遭到刀刺。

但不可能毫髮無傷。握住利刃的右手湧出大量鮮血，滴滴答答地落到地上。

我咬緊牙關，拚命地忍著刺痛。這是至今以來最痛的一次。不斷流著血，手掌的肉也被割得很深。

不過，這種疼痛……

看到雛海受到傷害而飽受折磨的樣子可是更令人痛苦啊！這個混帳東西！

我就這樣牢牢抓著利刃，朝跟蹤狂的頭部狠狠使出頭槌。

叩！

傳出一聲悶響後，跟蹤狂大概是承受不住疼痛而放開了利刃，一屁股跌在地上，接著往後倒下。

我將沾血的利刃踢飛到跟蹤狂撿不到的位置。

「好、好痛……可惡……」

「喂，跟蹤狂，你不准再接近雛海了！」

我用沾血的手猛地揪住跟蹤狂的頭髮，大聲威脅他。

或許是我的這句話，以及我毫不在乎流血的行為讓他心生恐懼，跟蹤狂的雙眼不停地流出淚水。

「知、知道了。可、可惡……！可惡！」

跟蹤狂甩開我的手，一口氣飛奔出去，往山下跑走了。

太好了……這樣稍微能放心了。

警察馬上就會來了，沾到指紋的利刃也在附近。跟蹤狂落網也只是時間的問題吧。

才剛這麼想完，我的腳突然虛脫無力，就這樣跪在了地上。

緊張、恐懼以及劇痛，讓我的身體再也撐不下去。

糟糕，手上的血止不住。

「小、小涼！你還好吧？」

原本在背後看著的雛海，連忙衝到我身邊。

雛海身上沒有明顯的傷勢。太好了。雖然我的手被割得很深，但也不會因此死掉。

總之，事情總算是解決了……

尾聲

「小涼！你的傷口得立刻處理才行！」

我衝到小涼旁邊，檢查手上正在流血的傷口。

傷口流了不少血，一看就知道痛得不得了。

小涼為了保護我而受這種重傷……都是我害的……

「放心，雛海。雖然很痛，但不至於因為這點傷就死掉啦。這就跟跌了一大跤後流血的傷口一樣啊。所以沒事的，不用擔心我，知道嗎？」

小涼用沒有受傷的那隻手輕撫我的頭，臉上帶著笑容。

「可、可是……」

「我沒事，忍忍痛就好。比起我，妳還好吧？那個跟蹤狂有對妳怎樣嗎？」

「沒有，我很好。他並沒有傷害到我。」

「這樣啊，那就好。古井同學已經報警了，警察很快就會來。再繼續追那個跟蹤狂不知道會遭到什麼報復，我們就在這裡等救援吧。」

「好、好的……」

跟蹤狂消失了，不需要再擔驚受怕。現在這裡就我和小涼兩個人，只有我們而已。

要問的話，只能趁現在了……

雖然小涼身上有傷，但如果錯過這個機會，或許就再也沒辦法問了。

我嚥下口水，輕輕握住小涼的手。

「……嗯？怎麼了，雛海？」

我一直感到很疑惑。

為什麼小涼的背影看起來似曾相識？

為什麼小涼在身邊就會感到很安心？

我想了很久，就是想不明白。

不過，小涼他……

如果是當時拯救我的男學生，那一切就說得通了。

小涼現在也來救我了，他朝我露出的那個背影……

跟我在地鐵差點被隨機殺人魔殺害時見到的背影一樣。

難道那位男學生的真面目就是……

「那、那個……小涼……我接下來要問你一個問題，希望你可以誠實回答。」

「咦？問題？」

「嗯。」

我點了點頭，然後調整呼吸，認真地注視著小涼的眼睛。

「小涼你……是不是當時救了我的男學生……？」

聽到我的問題，小涼睜大了眼睛。

他因為太過震驚，閉口沉默了一會兒。

看這個反應……果然沒錯。我繼續說道：

「其實，我覺得小涼的背影很眼熟。本來不知道原因，現在總算明白了。剛才差點被跟蹤狂攻擊時，你讓我看見的那個背影……跟隨機殺人魔事件所看到的背影一模一樣。我在想，小涼你或許就是當時那位男學生，所以才會這麼問……」

「雛、雛海……我、我……」

雖然小涼才剛開口，但我覺得他一定會找藉口搪塞過去。

因此，我在他說到一半的時候打斷他，繼續說道：

「小涼，拜託了，請你說實話吧……你是當時來救我的人嗎？」

小涼垂下眼眸，表情黯淡了幾分。經過短暫的沉默後，他開口了。

「如果我說是的話，妳會怎麼做？」

聽到這句話的瞬間——

一種像是遭到雷擊的強烈衝擊竄遍全身上下。因為太過震撼，我一時半刻說不出話來。

我一直想見到他。

一直想找到他。

一直在尋找他。

那個人如今就在我眼前。我很開心，此刻心臟跳得飛快。終於見到了。

但是，如果問我是不是內心充滿了溫暖的情感，那倒也不是。

感到喜悅的同時——

為什麼他離我這麼近，卻從來沒有坦承身分呢……？

這一點我不明白，也無法理解。簡直像是在玩弄我一樣……

小涼明明知道我在找救命恩人，卻什麼也不願告訴我。

想到這裡，淚水便一湧而出。

好開心。可是，為什麼之前都不說呢……

無法言喻的情感襲上心頭，淚水不斷滿溢出來。不知不覺間，我握著小涼的那隻手伸到了他的胸口。接著，我的嘴巴違背我的意願，擅自動了起來。

「為什麼……為什麼你之前都不坦承身分呢……！我……明明那麼想跟你相認！明明一直想對你道謝！為什麼！為什麼！這是為什麼？嗚嗚嗚……」

我抓著小涼的胸口，用力地如此喊道。

淚水與激烈的話語一個勁地奔湧而出。我無法整理好自己的情緒。明明一直在身旁，為什麼？為什麼不願意坦承身分呢……？

「嗚嗚……為什麼……」

我哽咽著，拚命向他控訴。

這時，小涼輕輕抱住哭喊著的我，彷彿是要我安心似的，和緩地說道：

「對不起，雛海，一直瞞著妳……很抱歉讓妳傷心了。雖然我一直都知道，但並不是故意要惡整妳才瞞著不說的。希望妳能聽我解釋。」

小涼繼續說了下去。

「我呢……以前沒有保護好被霸凌的好朋友。就算找老師商量也沒有人願意幫忙，同學也一樣。大家都視而不見，沒有伸出援手。所以我想說，就算只有我也要努力幫她脫離霸凌。只不過到最後，她還是轉校了。」

「好、好朋友……？」

「嗯，是女生，但我們幾乎天天都在一起玩。可是……我沒有保護好她。為了保護她，我還拚命學習各種武術，只是都沒有用。我沒能成為她的英雄，沒有保護好她。」

「可、可是為什麼……」

「這件事對我來說是心理陰影。從隨機殺人魔手中救下妳之後，我沒坦承身分也是出於這個緣故。連一個好朋友都救不了的我，被全國當成英雄是可以的嗎……我抱著這個想法，一直隱瞞到現在。就算沒有坦承身分，只要能在背地裡默默保護著妳就足夠了。」

「所以你就沒有坦承身分嗎……？」

「嗯，再說我又不是想當英雄才去救妳的。是因為妳當時在求救，我才會去救妳，僅此而已。我已經收到妳的感謝之情了。所以說……才會一直隱瞞著身分。」

小涼抱著我，再次輕柔地撫摸我的頭。

「對不起，真的很對不起……我是個沒用的傢伙，沒有勇氣坦承身分。」

「嗚……才、才沒有那種事，你可是很了不起的人……」

「謝謝妳，雛海。但是，我本來就打算遲早要告訴妳，並沒有隱瞞到底的意思。」

「真、真的嗎？為什麼……？」

「來這裡之前，友里跟我告白了。」

「……咦？友里跟你告白……？」

「對，但我拒絕了。友里是個好人，只是我已經有喜歡的人，所以就拒絕了。不過，當時我受到了她的鼓勵。友里是偶然得知我的真實身分的，她說『你是貨真價實的英雄』，從背後推了我一把，給予我支持。所以，我想說不要再隱瞞下去了，打算好好傳達自己的心意。」

小涼緊緊抱了我一下，然後放開，凝視著我的眼睛，稍微調整一下呼吸。

接著，他緩慢且清楚地對我說：

「我……喜歡妳，深深地喜歡著妳。不管我是不是英雄，我今後都想待在妳的身邊，一直支持著妳，以一個男人的身分好好愛妳。即使是我這種人，也希望能夠跟妳交往。」

小涼的眼睛慢慢地流出淚水。在克服挫折之後，小涼向我傳達了真正的心意。

看到他的眼淚，我的眼睛也跟著再度溢出淚水，不斷地流下來。

自從喜歡上小涼，許多風波也接踵而至。
先是草柳同學出現，然後跟友里這個摯友成為情敵，最後還差點遭到跟蹤狂襲擊。
發生了非常多事情。但縱使如此，我的心意依舊沒有改變。
聽著心臟撲通撲通的狂跳聲，我……

「……嗯，我也喜歡小涼，深深地喜歡著你……」

我以顫抖的嘴唇，清楚地向小涼表明了自己的心意。
好高興……能夠明白彼此的心意，我真的打從心底很高興。
不知不覺間，悲傷的淚水變成幸福的淚水。我們注視著彼此，露出笑容。
接著，我們緩緩拉近距離，貼著彼此的額頭。
「雛海……雖然我是這副德性，但今後也請多指教了。」
「……嗯，小涼，謝謝你當時救了我。然後……我最喜歡你了。」
我話音剛落，一道煙火就打上了天空。煙火在夜空盛大綻放，發出燦爛的光芒。
在盛大又美麗的煙火下，我和小涼再度抱緊彼此。
原本是朋友，現在則是戀人間的擁抱……

小涼，謝謝你一直保護著我。

◇

跟蹤狂順利落網後，一眨眼來到第二學期的開學日。

夏天的暑氣還沒消散殆盡，但並沒有八月那麼熱。隨著日子一天天過去，氣溫也慢慢下降，秋天的腳步逐漸靠近。

暑假結束就是第二學期的開始，對學生來說，今天應該很令人憂鬱吧。

至於我的話……

「呼呼呼……可惡！睡過頭了！」

我睡過頭了。

賴床賴到沒辦法找藉口的程度。

我沒辦法收拾起放暑假的心情，懶懶散散地混到半夜，結果就睡過頭了。

在最近的車站下車後，我拔腿衝向學校，周遭卻幾乎看不到學生。雖然有幾個人跟我一樣睡過頭，但平常上學時間這條路都會擠滿時乃澤高中的學生，如今卻只有小貓兩三隻。

完蛋，真的闖禍了。為什麼媽媽沒有叫我起床啊？

美智香明明也照常去上學了，幹嘛不叫我！

我趕緊衝向學校，然後抵達鞋櫃區。看了看鞋櫃，似乎除了我以外的所有同學都到齊了。

我的天～簡直糟透了。

我爬上樓梯前往教室，速度不減地持續奔跑，接著——

「對、對不起……！我遲到了！」

我用力打開教室的門。所有人對我行注目禮，正在開班會的華老師則深深地垂下頭。

「真是的，慶道你在幹嘛啊？暑假在昨天就結束了，該收收心了吧？」

「對、對不起。」

「好了，快去座位上坐好，開學典禮馬上就要開始了。今年起開學典禮改成校內廣播，就這樣坐在座位上吧。」

「好、好的，非常抱歉。」

我瑟縮著身體，一臉抱歉地走向自己的座位。

這時，在我座位周圍的友里和古井同學都露出傻眼的表情，等著我走過來。

「哎呀～開學第一天就遲到，涼真是好膽量呢～收到你聯絡說睡過頭時真是嚇到我了～」

「真的很抱歉，明明約好大家一起去的……」

「不過，涼你本來就是冒冒失失的迷糊鬼嘛～某個當女友的人這下要吃苦頭嘍～」

「少、少囉唆啦，今天是偶然睡過頭而已。」

「是我的話，會交個更穩重可靠的男友就是了～」

「真是抱歉喔，我是個散漫邋遢的男人！」

友里的話語讓我不禁火大回嘴，結果坐在後面的古井同學就從下面狠狠踢了椅子一下。

我一回頭，古井同學用鄙視的眼神開口了。

「反正你八成是在幻想跟雛海做色色的事情吧？青春期的男生真的很討厭耶。」

「不是，我沒有在幻想好嗎！完全沒有啦！妳能不能別亂講話？」

聽到我的這句話，古井同學立刻露出壞笑，視線從我身上移向雛海。

「他是這麼說的耶，雛海。妳的男友說對妳沒有慾望，好過分的男人喔。」

「喂！我不是那個意思啦！是說，我如果承認有在幻想，妳明明會把我當變態，結果我一否認，妳竟然改拿雛海來捉弄我啊！」

「這是當然的吧？捉弄熱騰騰剛出爐的情侶非常好玩呀。」

「希望妳多少可以抱著一點祝福的心情。」

「不久前不是祝福過了嗎？我有說『恭喜～（語調平板）』啊。」

「一點誠意都沒有耶！」

一如既往地跟不上古井同學的這種步調。

不管回答什麼，她都一定會捉弄回來。我哪鬥得過她啊？

也許是對我的反應感到很愉快，古井同學露出了燦爛的笑容。那張表情未免也太幸福了吧。

唉，逃不出這個人的手掌心啊。我嘆了口氣後，看向坐在隔壁的雛海。

暑假過後，這是第一次在教室見面，所以我有點緊張。

我一看過去，立刻就跟雛海四目相交了。

我們注視彼此一會兒後，雛海的臉龐微微泛紅，然後鼓了起來。

接著——

「小涼這個笨蛋，明明今天約好一起上學的……」

她變得有點不高興。

搞砸了啊啊啊啊！

本來跟雛海約到一起上學，結果我睡過頭，惹她生氣了啊！

我怎麼會這麼愚蠢！

「抱、抱歉，雛海！真的很對不起！」

我道歉後，雛海瞥我一眼，又馬上撇開了鼓起的臉龐。

「小涼這個笨蛋。」

她小聲地嘟囔道。

可惡。雖然惹她生氣了，但連這個反應都好可愛……

「唉～這下大事不好了呢～涼，雛海生氣嘍。涼，你知道這種時候該怎麼做嗎？」

「咦？什麼？」

我一反問，友里就悄悄貼近我耳邊提供建議。

儘管我不相信她說的事情，但畢竟是雛海的好朋友給的建議，應該不會有錯才對……

如此相信後，我鼓起勇氣，壓低聲音避免周遭人們聽見，這麼說道：

「雛、雛海，妳今天也很可愛喔～比誰都還要可愛喔～我、我最愛妳嘍～」

雖然自己說出這種話很害羞，不過雛海的心情能因此好轉的話，那就無所謂。

我臉龐滾燙地說完後，下一刻——

噗咻！

雛海那邊傳來類似輕微爆炸的聲音。

本來那個鼓著臉頰的可愛雛海，聽到我的低語聲後，眼珠子忽然打轉起來，腦袋開始冒出白煙。

這看起來很不妙耶……

「你、你、你說這種話我、我一、我一點也不高興……小涼這個笨蛋……作、作為懲罰，你放學後要陪我一下……」

「好、好啊，我知道了。」

不是，她的臉超紅的耶，紅到感覺隨時都會噴出火來。跟剛才完全無法比擬。

雛海用指尖捲著髮尾，低聲咕噥了起來。

雖然不知道她在說什麼，但看得出來她是被我那些話弄得心慌意亂。與其說是生氣，不如說開心到表情都雀躍起來還比較貼切。

「喂……喂，友里，這樣真的沒問題嗎？」

我擔心地詢問友里後，她回道：

「沒問題吧～不過，那個建議我是隨便說說的喔～因為我想看雛海害羞的表情和涼慌亂的模樣嘛！耶嘿！」

「竟然是隨便說說的啊！耶嘿個頭啦！」

友里剛才在我耳邊說悄悄話的時候，她給了「誇獎雛海的外表然後表達愛意，就會讓她心情變好喔～」這樣的建議……

竟然是為了拿我們的反應尋開心才說的啊。不知不覺間，連友里也像古井同學一樣展現出虐待狂的傾向……

「哎呀～這對肉麻情侶真是青澀呢。你們乾脆結婚吧？」

「「還沒有要結婚啦！」」

聽到友里這麼說，我和雛海異口同聲地回道。不過，這樣的巧合反而激起了友里的惡作劇心態。

「是喔～你們很有默契嘛，真不愧是最佳情侶。而且你們是『還沒有』要結婚啊～『還沒有』啊～」

可惡！竟然連瞬間做出的反駁也拿來調侃啊，友里！

「友、友里！不要捉弄我們了啦！」

「耶嘿嘿～你們兩個果然很有趣耶～就這樣步入禮堂吧！」

「「就說不要講那種話了！」」

於是，我和雛海這時候再次展現出絕佳的默契。

◇

被友里和古井同學狠狠捉弄過後，開學典禮結束，我和雛海正在搭地鐵。車內幾乎沒有乘客，我們緊貼彼此坐在座位上。

雛海先前要我放學後陪她一下，看來是要去江之島。

今天的開學典禮在上午就結束。下午不用上課，我們就這樣前往江之島遊玩了。

「雛海，真的很抱歉，我睡過頭了……」

「已經沒關係了啦，而且我完全沒有生氣呀。」

「真、真的？但妳看起來好像有點在鬧彆扭。」

「那、那是因、因為……我本來想跟你手牽手上學，卻沒能實現嘛……」

雛海的聲音忽然變小，她垂下頭，雙手緊緊交握。

看得出來她雖然覺得很難為情，還是坦承了內心的想法。

這是我造成的。既然如此，我得為自己闖的禍善後才行。

「那麼，現在來牽吧？」

我這麼一說，雛海就猛地抬起頭，雙眼綻放出光采。

「好、好呀。可以嗎……？」

「嗯，我們牽手吧。」

「嗯。」

我和雛海的手輕輕地靠近，然後緩緩地牽起來。

雛海的手依然很柔軟，既纖細又小巧。她的體溫透過手掌傳遞到我心中。

這是交往之後，心意相通之後第一次牽手。這種感覺不知該怎麼說，真是幸福。

「這麼說來，我第一次遇見小涼也是在地鐵上吧？」

「對啊，不過雛海妳有一陣子把我忘記了呢。」

「這、這有什麼辦法……！距離那起事件已經隔了很長一段時間啊。」

「哈哈！我開玩笑的啦。而且我也一直隱瞞著身分嘛。」

「就、就是說呀……」

雛海這時候沉默了一會兒，接著，像是在回想什麼似的訴說道：

「我當時真的很害怕，覺得自己的人生可能就到此為止。但因為小涼出現了，我才能像現在這樣活著。小涼，真的很謝謝你當時救了我。」

雛海表情認真地注視著我，微微使勁握著我的手。

我才必須感謝她才行。

雛海選擇了我這樣的人。無關乎英雄還是救命恩人，她喜歡上我，還接納了我一直隱瞞的真實身分。

我並沒有長得特別帥，也不是很會念書。

雖然靠不住，但她依然喜歡上我，讓我成為她的男友，這是最讓我感到開心的事情。

「謝謝妳，雛海。我才要謝謝妳選擇了我。」

「不會，畢竟小涼你優秀又帥氣，而且比任何人都還要溫柔呀。有你這樣的男友讓我很驕傲喔。」

「是嗎？謝謝妳這麼說，我很開心。」

「嗯！小涼你開心的話，我也很開心。」

「這一點我也是一樣的。」

我們注視著彼此的眼睛，就這樣笑了一會兒。我們的身體靠得更近，緊緊地牽住對方的手。

隨著電車令人舒服的晃動節奏，雛海緩緩地靠在我的肩膀上。

「小涼。如果我又陷入危機的話，你會來救我嗎？」

問我會不會救她……？

答案當然只有一個啊。

對方拿著槍又如何？是地鐵殺人魔又如何……

「我會賭上性命保護妳的，雛海。」

我輕輕地在雛海耳畔低聲說道。

雖然覺得很害羞，儘管如此——

我真的很珍惜雛海，深深地喜歡著她，所以這份心意絕對要說出口讓她知道。

「謝謝你，小涼。可是，我總不能一直被你保護吧……我也想要保護你。當你覺得難受的時候、煎熬的時候、苦惱的時候，我隨時都會陪伴著你。我要一直在你身邊當你的心靈支柱。」

雛海眼神認真地看著我。透過眼眸，她這份強烈的心意深深地打動了我的心。

我們在成為這種關係之前，經歷過許多事情。雛海縱使會感到迷惘，但每次都有所成長。

剛入學的時候，她因為太為別人著想，總是將對方擺在自己前面，導致不太敢說出意見及想法。她一直都是將對方看得比自己還重要。

但是，現在應該不同了。

跟地鐵殺人魔出現的那時候不同，雛海已經不需要一直受到保護了。

她要憑自己的力量扶持別人，靠自己的意志踏穩腳步前進。

雛海果然很厲害。這下子不只是作為異性，作為一個人也很令人著迷。

「這樣啊。謝謝妳，雛海。有妳陪伴在我身邊真的很安心。當我快要灰心喪氣的時候，就麻煩妳給我支持了。」

「嗯，當然了。我也想給小涼支持呀。我最喜歡你了，小涼。」

雛海說完，就這樣慢慢閉上眼睛，用惹人憐愛的表情沉入夢鄉。

真是的，連睡著的臉也這麼可愛。

雛海，今後無論出現什麼。

無論發生什麼事。

我都一定會保護妳。

不是默默待在背後，而是作為真正的英雄。

後記

各位讀者好久不見，我是作者水戸前カルヤ！

非常感謝大家閱讀第三集，也就是最後一集。

這一路走來歷經許多艱辛，但能夠像這樣順利迎來完結，我打從心底很高興。

我寫故事時盡了最大的努力，希望一直為雛海和涼聲援戀情的各位讀者多少能夠獲得一點樂趣。

如果各位願意在社群平台等地方發表感想的話，我會非常開心。

那麼，坦白說，這或許是最後一次寫這個後記單元了。

我並不是要放棄當作家。

只不過，明年起要以社會新鮮人的身分工作，在工作上手之前，要繼續寫作可能有困難……

啊，順道一提，我拿到了排在第一志願的娛樂類企業的錄取通知，暫時是不用擔心出路了。

請各位放心……！

因此，應屆畢業生要一邊工作一邊寫十萬字小說實在太難了，應該會停筆一段時間。

由於可能是最後一次，我拚命地思考過究竟該寫什麼才好……

沒什麼好寫的……！真的沒什麼好寫的！（笑）

我還真的找不到值得寫的話題。寫第三集的時候，就職活動已經告一段落，日常生活也沒發生什麼特別的變化。

現在仔細一想，出版許多系列作品的資深作家，究竟是從哪裡找到值得寫進後記的話題呢……我實在做不到……

由於沒有值得寫的話題，那就來聊聊我開始寫輕小說的原因吧。

我想針對這一點簡單敘述一下。

我為什麼會開始寫輕小說？

原因很簡單，因為我過著灰色的高中生活。

哎呀，真的很丟臉……

不過這是真的。美好的回憶太少，別說灰色了，或許該說是一片空白才對。

高中考試失利，我就讀的是私立高中。雖然有加入社團，但坦白說沒什麼活動，一直很閒。

打遊戲、念書、看漫畫、看動畫，然後睡覺。就是不斷重複這些事情，沒有交到朋友。然而，讀同一間國中的同學們都過著很精采的高中生活，讓我很羨慕。

所以我決定上大學之後，要挑戰做一些很厲害的事情。

一開始嘗試過程式設計和社群平台的運用，但做得不太順利……

我煩惱著該做什麼才好，結果就邂逅了輕小說。

寫輕小說不需要初期投資，而且自己撰寫的故事能夠帶給讀者感動和興奮，這簡直太棒了吧！

因此，我就開始寫輕小說了。

萬萬沒有想到才寫一年就能夠出版實體書，有持續下去真是太好了。

這部作品能夠獲得非常優秀的編輯賞識，還由ひげ猫老師負責繪製插畫，我真的非常幸福。

我對各位相關工作人員只有滿滿的感謝。

此外，在カクヨム給予贊助的各位，以及寄粉絲信給我的各位讀者……

真的非常感謝你們。

等社會人生活穩定下來後，我會慢慢地重新開始寫輕小說的！

感謝各位這一路的陪伴。

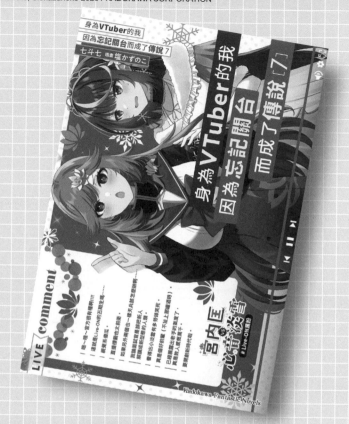

身為VTuber的我因為忘記關台而成了傳說 1~7 待續

Kadokawa Fantastic Novels

作者：七斗七　插畫：塩かずのこ

衝擊的VTuber喜劇，
五期生終於登台的第七集！

順利參與星乃瑪娜的畢業直播後，淡雪迎接五期生出道！她們分別是「喜歡潔淨之物的Live-ON黑粉學生會長」、「應徵時只在履歷上寫了『短刀』作為名字的超級中二病小丫頭」、「負責科目為『愛』的外星人老師」，一開始就是熟悉的Live-ON風味——

各 **NT$200~220/HK$67~73**

我買下了與她的每週密會
～以五千圓為藉口，共度兩人時光～ 1～2待續

Kadokawa Fantastic Novels

作者：羽田宇佐　插畫：U35

這段曖昧糾結的關係，
在高中最後的夏天產生動搖——

放長假讓我很鬱悶。雖然早就習慣了，但是我並不喜歡獨處。高中最後的暑假大家都很忙，我和仙台同學之間也有只會在「放學後」見面的規矩在。然而她卻提議：「我來當妳的家教。」……只有我很在意我們接吻了的事嗎？

各NT$270~280/HK$90~93

妳以為我的百合人設只是商業賣點？

Kadokawa Fantastic Novels

作者：アサクラ ネル　插畫：千種みのり

以「百合人設」作為商業賣點的她，其實……!?
女性間的戀愛喜劇開幕！

最崇拜的偶像鐘月歌凜「畢業」後都過了半年，年輕女性聲優仙宮鈴音卻仍對她念念不忘。而她在經紀公司裡遇見的聲優新進，居然正是鐘月歌凜本尊！鈴音內心整個飄飄然，但表面上依舊佯裝平靜，打算保持一定的距離。歌凜卻積極地試圖拉近距離……？

NT$240/HK$80

國家圖書館出版品預行編目資料

在地鐵拯救美少女後默默離去的我,成了舉國知名的英雄。/水戸前カルヤ作 ; Linca譯. -- 初版. -- 臺北市 : 臺灣角川股份有限公司, 2024.06

冊 ; 公分

譯自 : 地下鉄で美少女を守った俺、名乗らず去ったら全国で英雄扱いされました。

ISBN 978-626-400-085-7(第3冊 : 平裝)

861.57 113005001

Kadokawa
Fantastic
Novels

在地鐵拯救美少女後默默離去的我，成了舉國知名的英雄。3（完）

（原著名：地下鉄で美少女を守った俺、名乗らず去ったら全国で英雄扱いされました。3）

2024年6月24日 初版第1刷發行

作　者：水戸前カルヤ
插　畫：ひげ猫
譯　者：Linca

發 行 人：台灣角川股份有限公司
總　監：呂慧君
總 編 輯：蔡佩芬
主　編：林秀儒
編　輯：邱瓈萱
設計指導：陳晞叡
美術設計：宋芳茹
印　務：李明修（主任）、張加恩（主任）、張凱棋、潘尚琪

發 行 所：台灣角川股份有限公司
地　址：104台北市中山區松江路223號3樓
電　話：（02）2515-3000
傳　真：（02）2515-0033
網　址：www.kadokawa.com.tw
劃撥帳戶：台灣角川股份有限公司
劃撥帳號：19487412
法律顧問：有澤法律事務所
製　版：巨茂科技印刷有限公司
ISBN：978-626-400-085-7